JJ. Bozo.

Los apóstoles y el Diablo

Novela de ficción

Autor. JJ. Bozo.

Los Apóstoles y el Diablo.

Bogotá D. C. – Colombia.

Novela de ficción.

2020.

Primera edición.

Portada. JJ. Bozo.

DEDICATORIA

En memoria de Ángel Bozo, mi padre, mi guía, mi luz, mi escudo.

Orgulloso de ser como soy y si naciera de nuevo pediría a Dios que me diera la misma personalidad, mi orgullo no lo quebranta nada

Ángel Bozo.

Hubiese dado mi vida por la tuya sin dudarlo ni un segundo…

AGRADECIMIENTOS

A mi esposa **Heidi** por ser mi compañera fiel y el amor de mi vida.

A mis hijos **Sebas y Diego.** Por ser lo más grande y hermoso que la vida me ha dado.

Yo era apenas un niño pero lo recuerdo muy bien, Dios y yo hicimos un trato, yo le ofrecí mi vida a cambio de la de mis padres, una vida por la otra, sin importar la edad, las circunstancias, sin culpas ni arrepentimientos. Yo cumpliría mi palabra y el la suya, este fue el juramento.

JJ. Bozo

JJ. Bozo.

Los apóstoles y el Diablo

Novela de ficción

Los Apóstoles

Era su primer día de clases en la universidad, diecisiete años y una inmadurez definían la vida de John, un joven mentalmente equilibrado y con toda una vida por delante, soñaba con ser médico y poder curar al mundo con sus manos, desde muy pequeño supo que salvar vidas sería lo que haría. Su hermano Jorge era un joven brillante, estudiante de ingeniería, tres años mayor que él y todo un veterano con las damas, él sería el encargado de darle la bienvenida a esa vida llena de nuevas emociones llamada universidad. Jorge era un chico popular, se podría decir que líder del grupo, manejaba un Chevrolet Cámaro SS color negro, que su padre le obsequió antes de morir por excelente calificaciones y rendimiento.

El día transcurría entre presentarse en sus nuevas clases y conocer el plan de estudio, "un día interesante" pensó John muy diferente a la escuela secundaria (high school), muchas personalidades diferentes, mucha libertad y muchas niñas lindas por conocer, en líneas generales le gustó, "esto es lo mío" dijo para sí mismo, a la hora de la salida decidió buscar a su hermano mayor, con prisa para no hacerlo esperar más de lo necesario, para su sorpresa lo encontró sentado al borde del estacionamiento encima de unos tubos amarillos y negros de esos que colocan para proteger a los peatones de los autos, allí estaba Jorge junto a sus amigos cantando una canción de moda, todos formaban un gran circulo y coreaban la misma canción. Rogelio tocaba la guitarra. Nueve eran ellos, Pedro, Pablo y Lucía eran hermanos, también estaban Rafa, Andrés, Carlos, Nelson y por supuesto Jorge. John, llegoó sin hacer ruido quedándose maravillado, no por oírlos cantar, si no, por lo armonioso del grupo a pesar de ser todos muy diferentes, un pensamiento vino a su mente,

"Cómo Jorge nunca ha hablado de ellos en casa, es como si tuviera una doble vida" y sonrió para sí mismo.

-       ¡Tenemos público!, comentó Lucía.

-       Muchachos, él es mi hermano menor, dijo Jorge

El primero en saludarlo fue Carlos.

-       Hola Jorgito, esto a manera de denotar que era el hermano menor de Jorge.

Uno a uno se levantaron saludándolo con mucho afecto, los primeros en presentarse fueron Pedro y Pablo, por lo que John dijo.

-       Ahhh, ustedes son los apóstoles jajajajajaja.

-        Los apóstoles son doce, nosotros solo somos nueve, dijo Lucía.

Pablo riendo dijo.

-        Jajajajajajaja, tanto tiempo buscando nombre para el grupo, llega Jorgito y en un día da en el clavo, a partir de hoy seremos los **Apóstoles**.

Cada uno de ellos tenía una vida distinta, Pedro Pablo y Lucía, provenían de una familia muy humilde, los sacrificios de su madre soltera los había obligado a madurar prematuramente para buscar el sustento diario y ayudar con los gastos de su educación, la universidad se había convertido en una esperanza para que estos chicos lograran salir de la pobreza que los azotaba sin clemencia.

John observó en varias oportunidades como su hermano mayor pagó la comida de estos chicos quienes con lágrimas en sus ojos le agradecían el gesto, Pedro el mayor de los tres hermanos asumía bajo sus hombros una carga muy pesada para su corta edad, la responsabilidad de cuidar de sus hermanos lo obligaba a hacer cosas que nadie sabía y que solo era capaz de contarle a Jorge su amigo inseparable, hermano de la vida como el mismo solía decir.

Rafa y Andrés eran los más divertidos del grupo, organizaban todo tipo de fiestas, si se trataba de diversión ellos eran los indicados, estos estudiantes de hotelería y turismo eran capaces de disfrazarse de mujer, contratar estríper, arrendar mesas de billar, tenis de mesa, planificaban toda clase de actividad extracurricular, deportes, bailes y hasta carreras, no había límite en la mente de este par, era como tener una agencia de festejos particular.

Rogelio, un chico con un carácter muy fuerte, compositor y apasionado por la guitarra, un bohemio amante de la lectura, cualidades poco comunes para un estudiante de leyes, un amigo leal como pocos, no le temía a nada, una crianza militar lo había preparado para todo lo que la vida le presentara.

Nelson, estudiante de educación y con un gusto por personas de su mismo sexo, siempre rodeado de hermosas mujeres el cual presentaba a sus amigos, nunca fue discriminado por ninguno, era el confidente y mejor amigo de Lucía, su don de gente lo convertiría en el más querido del grupo.

Carlos, amante de la velocidad, conoció a Jorge en una clase de ingeniería mecánica, fue el último de los apóstoles en unirse al grupo y aunque le gustaba estar con ellos, las clases eran su prioridad, graduarse pronto para poder volver y casarse con su novia que lo esperaba en otro estado del país.

Una tarde ocurrió algo inesperado, Pedro se notaba muy preocupado, más de lo normal, su actitud llamó la atención de John quien a pesar de la confianza que tenía en su hermano los siguió para enterarse de algo muy personal, la madre de los tres hermano sufría una enfermedad muy agresiva y ese mes no tenían para comprar los medicamentos, por lo que Pedro recurrió a la ayuda de Jorge su amigo incondicional, ambos salieron en el auto, al regresar Jorge llamó a John y le preguntó.

- John necesito hacer algo importante con Pedro y no podré llevarte a la casa, ¿me acompañas o te vas más tarde en el transporte público?

John aun intrigado decidió acompañarlos y constatar que todo estuviese en orden

-       ¡Iré con ustedes!

Hubo mucho silencio en el camino, solo hicieron una breve parada en la droguería para luego seguir a casa de Pedro, al bajar del automóvil dijo.

-       Hermano sabes que un día te pagaré, con mi vida si es posible, tienes mi palabra.

Desde ese día Pedro se convertiría en el protector de Jorge, John entendió que lo que presenció fue entre dos amigos y que él no tenía derecho a preguntar ni reprochar nada, notó por lo claro de la piel en un dedo de la mano derecha de Jorge, la ausencia del anillo de oro que alguna vez perteneció a su padre.

-       Es solo un metal, la vida de una madre vale más, papá lo entendería, además no te preocupes lo dejé en una casa de empeños, lo recuperaré.

-       Estoy de acuerdo contigo hermano y aunque no es mucho, mis ahorros están a tu disposición.

Allí terminó la conversación, pero el acto de Jorge, le había dado una gran lección de amor y solidaridad que John nunca olvidaría.

El Diablo

Los días pasaban y John adoptó ese grupo como suyo, al salir de cada clase se reunían en el mismo lugar a contar cuentos y hablar de cualquier tontería, los hombres hablaban de marcas de automóviles, de chicas y religión. Lucía y Nelsón hablaban de chicos y moda, era un grupo normal como cualquier otro.

Lucía se volvía mas hermosa cada día, cuidada y protegida por los ocho hombres que la consideraban su hermana, si alguien le faltaba el respeto tendría que vérselas con estos protectores

Un día tal como era su costumbre John llegó al sitio de reunión luego de sus clases habituales, los chicos bromeaban haciendo alarde de sus dotes de don Juan y como si fuese una hermosa aparición llegó Lucía quien mostraba su cuerpo cubierto de un atuendo muy ajustado, marcando su magistral figura, John la observó de arriba a bajo soltando una frase inconcientemente.

-	Waooo Lucía, provoca hacerte muchas maldades.

-	Jajajajajajajajajaja.

-	¿A ver John, que maldades me harías?

En ese momento John tomó conciencia de su comentario y mirando a todos lados contestó.

-	No se… creo que desamarraría los cordones de tus zapatos.

-	Jajajajajajajajaja, Jorge tu hermanito es el **Diablo**.

-	Que contradicción, los apóstoles y el diablo, este grupo cada vez se pone mas interesante, dijo Nelson.

-	Jajajajajajajajajaja.

Lucía lo miró con picardía, este niño se había atrevido a hacer lo que ningun otro tuvo el valor de hacer, le gustó sentirse admirada por aquel niño, ese comentario colocó a Jhon a la altura del grupo, alli se ganó su propio nombre, a partir de ese día Lucía tomó en cuenta aquella mirada que antes veía infantil.

Por un tiempo las conversaciones se basaron en apariciones, objetos flotantes y sonidos extraños en la casa de los tres hermanos, aunque el miedo se apoderaba de Pedro y Pablo el cual evitaban hablar de estos temas, Lucía lo hacia con total naturalidad como si entendiera estas cosas, el mismo Jorge fue testigo directo de algo sobrenatural un día que estuvo en aquella casa, lo que contó sorprendió a todos, objetos pasaron volando frente a ellos y en presencia de los tres hermanos que simplemente no daban crédito a sus ojos, frente al grupo que atentamente escuchaba la experiencia en la boca de Jorge, John dijo:

-       ¡Ustedes estaban borrachos!

-       Jajajajajajajajajaja.

Era tiempo de evaluaciones anuales y todo el grupo se encontraba en el estrés que este tiempo amerita, las reuniones se habían trasladado hacia la biblioteca, los mas comprometidos ni siquiera se aparecían para no desviar su atención de los exámenes finales, Rogelio y John quedaron solos, los demás partieron a su respectivos salones de clases.

-       John, ¿me acompañas afuera?, necesito sacar copia a unos libros

-       ¡Claro, vamos!

Estando en el local justo antes de pagar por las copias, un asaltante saco un arma de fuego apuntando al cajero y exigiendo el dinero, los nervios se apoderaron de todos en el lugar, Rogelio miró hacia la parte de afuera y notó que un motorizado esperaba para huir con el botín, Rogelio en un acto de valentía y con un movimiento muy rápido despojó al hombre del arma, insertando un golpe letal en el mentón de aquel agresor, y apuntó al motorizado que salió como un rayo de aquella calle, John quedó en shock, nunca imaginó que su amigo no le temblaría el pulso para hacer semejante locura, aun temblando preguntó

-       ¿Por qué hiciste eso? pudo habernos matado

-        Lo que pasa John, es que hay personas que le faltan bolas, pero hay otras que tenemos de mas.

John no entendió lo que Rogelio quiso decir con todo eso, en su mente solo existía miedo y confusión, pero era evidente que su amigo no le tenía miedo a nada ni a nadie y que sus acciones no eran una mera coincidencia, sino producto de una formación forjada en valores y empatía hacia los demás.

Los años pasaron con la rapidez de un bólido, la muerte de la madre de los tres hermanos fue un golpe mortal para estos chicos, Pedro dejó la universidad para poder mantener a sus hermanos, la vida fácil lo atrapó llevándolo a una vida de la cual mas nunca pudo salir, no paso mucho tiempo cuando Pablo decidió consagrar su vida a las armas, se unió al cuerpo de infantería de marina tratando de buscar un equilibrio en el destino de su familia, Lucía entendió que tenía un gran don y dedicó su vida al arte de la magia, siendo conocida en este medio como la Gran Luz, aunque sus mayores trabajos serían realizados con magia oscura.

El grupo más nunca fué el mismo, Jorge y Carlos se graduaron al siguiente año de ingenieros mecánicos, Carlos regresó con su novia y decidieron pasar su vida juntos, pero a pesar de la distancia siempre estuvieron en contacto, Jorge consiguió empleo en una transnacional de metalurgia, dedicada a hacer alabes para turbinas, bonetes y valbulas para la industria petrolera, Jorge diseño una aleación que mejoró la resistencia de los artículos fabricados, la constancia e ingenio lo llevaron a ser el gerente de esta empresa.

Rogelio se graduó de abogado con honores, logrando trabajar en una institución publica, convirtiéndose en un gran jurista.

Nelson se graduó como licenciado en educación y siguió sus estudios de maestría, al cabo de unos años se convirtió en socio de Rafa y Andres en una exitosa agencia de festejos, cada uno tenía sus propias responsabilidades, Rafa era el encargado de las licitaciones y todo lo referente a contratos, Andres asumió la organización de los festejos y proveedores, Nelson se dedicaba a su verdadera pasión, la decoración de interiores.

De aquel grupo de amigos solo queda el recuerdo en la memoria de quienes vivieron sus andanzas, cada uno siguió con su vida dejando atrás aquella etapa de su juventud marcada por risas, sueños y amistad.

John fue el ultimo en salir de la universidad convertido en todo un médico, su amor por salvar vidas lo llevó a formar parte de la nómina del Hospital General de la ciudad, pero su pasión no le dejaba tiempo para el amor, muchas chicas se sintieron que no eran tomadas

en cuenta, que no les dedicaba el tiempo suficiente para

continuar una relación seria, así que aun vivía en casa

de su madre, quién para él era la mujer perfecta, la única

que lo entendía y se permitía pasar el tiempo que le

quedaba a su lado.

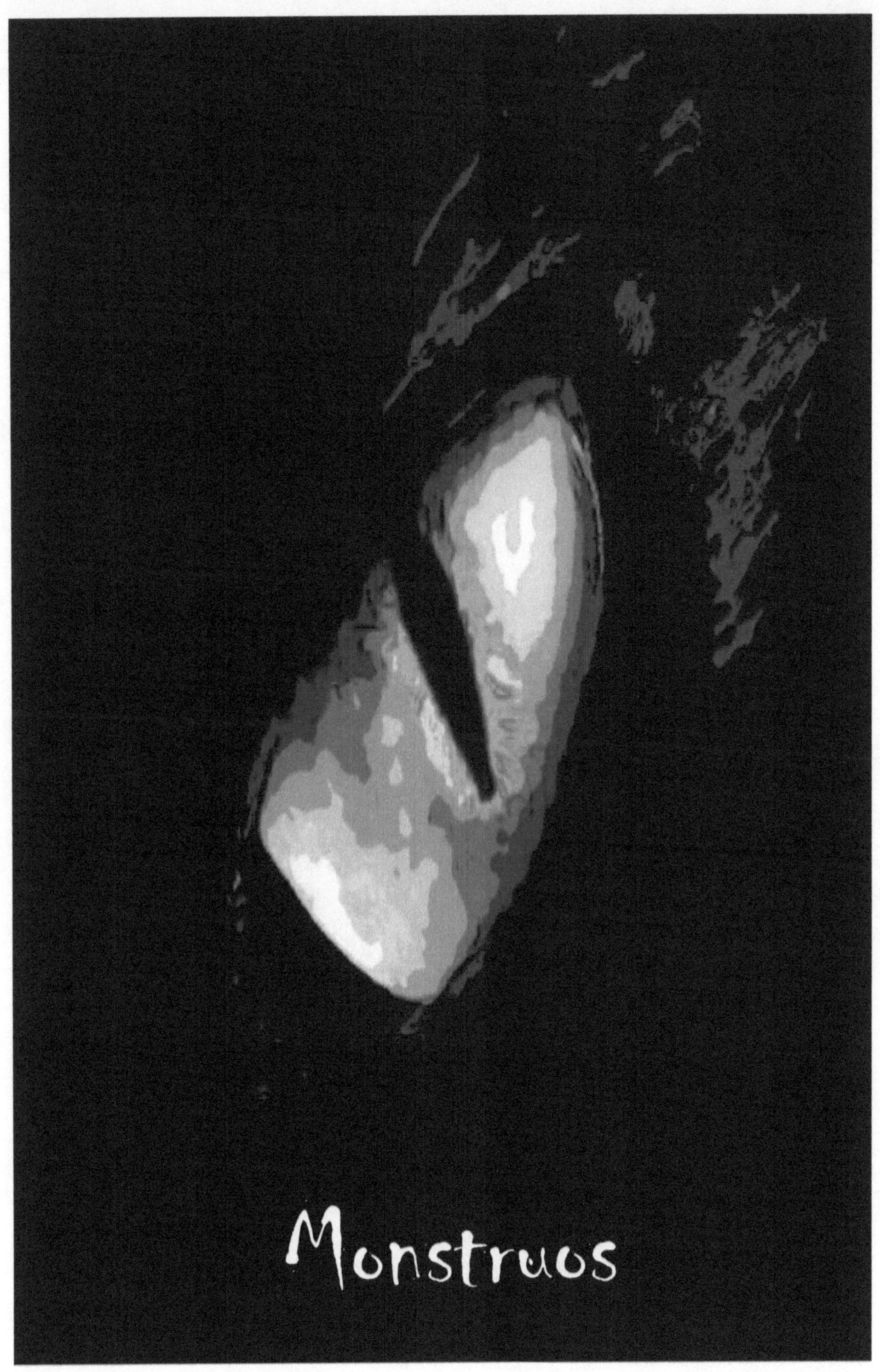

Monstruos

Varios días rondando la casa del médico bastaron para crear un plan, el mismo que no representaba un gran reto para estos cuatro desalmados. Conocían la rutina, conocían la hora de entrada y salida del joven que allí vivía, sabían que la casa se mantenía sola la mayor parte del tiempo, solo una anciana los separaba de su botín.

No existía pizca alguna de buen sentimiento en el alma de estos malnacidos, dotados de una inmoralidad y desprecio por el ser humano, se jactaban de sus asesinatos y parodiaban de quien era el más despiadado, como si de una competencia de quien tuviese más muertos se tratase.

Michael Mechanic era el líder de esta banda de criminales, formado en el bajo mundo y con un prontuario judicial tan grande como su propia miseria, conocía el sistema de justicia tan bien que entraba y salía de prisión como si fuese el amo y señor del lugar. Pobre del infeliz que se cruzara en el camino de este personaje.

Simón Alevín el menor de los cuatro, proveniente de una familia humilde y religiosa, se dedicaba a pequeños hurtos hasta que fue reclutado por Michael, quien lo introdujo en el negocio de la muerte por encargo, el ímpetu de su juventud lo hacía destacar entre este grupo de rufianes, sin ningún respeto por la vida, se jactaba todo el tiempo del número de personas que había asesinado.

Peeter el listo, acostumbrado a recibir órdenes y cumplirlas sin cuestionar, de listo solo su apodo, torpe como una piedra pero dispuesto hacer el mal en todas sus versiones, incapaz de ofrecer alguna idea útil, pero muy hábil con la pistola, lo que lo hacía una pieza útil para su líder, quien lo manejaba a su antojo.

Steven Pregnant, el más corpulento de todos, tan fuerte que era como luchar con dos personas al mismo tiempo, nunca huía de una pelea, muy repulsivo y grotesco, capaz de matar a las personas con sus propias manos, no conocía la misericordia, la violencia era su única religión, la muerte su único destino.

Una ventana rota sirvió como entrada, los vidrios esparcidos por el piso dejarían constancia del ingreso ilegal de estos maleantes a la vivienda del joven doctor y su madre. En el cuarto principal se encontraba la anciana que descansaba recostada en su cama, sin darse cuenta que sería la víctima de estos bastardos.

- Allí está la vieja, amárrenla.

- ¿Quiénes son ustedes? AUXILIO (gritos de miedo)

En ese momento la anciana fue callada de un golpe tan brutal que la lanzó fuera de la cama destrozando su boca, dejándola casi inconsciente.

- Cállate la boca vieja o te mato aquí mismo.

- AAAAAHHHHHH (gritos de dolor) DIOS MÍO AYÚDAME.

- Has que se calle esa maldita vieja.

- AUXILIO QUE ALGUIEN ME AYUDE.

—	Tápale la boca, has que se calle de una buena vez.

—	Me mordió esta vieja desgraciada.

Mientras Peeter tapaba su boca, Simón le propinaba una golpiza tan brutal que la anciana comenzó a expulsar sangre por su boca y nariz, así como por todo su rostro.

—	Ahora si tengo el record, de quién golpea más a una vieja jajajajajaja.

—	Tú a mí, no me ganaras.

Como si se tratase de una competencia de suministrar dolor Steven comenzó a quebrar los dedos, cuando ya no le quedaron dedos que romper, quebró las muñecas de la anciana, mientras reía por el dolor y desesperación de la pobre mujer que suplicaba por su vida.

–   AAAAAHHHHHH (gritos de dolor) me duele mucho.

–   Jajajajajajajajajaja,   es   como   partir mondadientes.

–   Dios mío, ayúdame mi Dios.

Cargaron con dinero en efectivo, joyas y todo lo que pudieron encontrar, destruyeron el lugar por completo en búsqueda de objetos de valor, una vez cumplida su misión, Su líder Michael dijo.

–   A mí, nadie me quitará el trono,

Tomó a la anciana por uno de sus pies, arrastrándola hacia su cuerpo, casi moribunda, inmóvil, sin fuerzas para pedir auxilio, desgarro sus ropas y abuso sexual y salvajemente de ella, mientras esto ocurría, Peeter la golpeaba repetidamente con sus dos manos en el pecho, hasta que la anciana dejo de respirar, todo esto en presencia de sus cómplices quienes alentaban a su líder a infligir cada vez más dolor.

–   Soy el mejor, soy un maldito salvaje.

–   Siempre ganas.

–	Larguémonos de aquí.

John tomaba turno en el Hospital General de la ciudad, había sido un día ajetreado, pero esto era lo que gustaba hacer, ayudar a las personas, salvar vidas, la decisión de ser médico la tomó desde muy joven, principalmente para cuidar a su madre, ésta había sido su mayor razón, nunca se imaginó que ese día recibiría la peor noticia de su vida.

Le habían arrebatado la posibilidad de cuidar de su madre hasta que Dios dispusiera de ella.

El teléfono anuncio lo inevitable.

–	¿John dónde estás?

–	Hola Jorge, aquí en el hospital.

– 	Prepárate en cinco minutos paso por ti.

– 	¿Que pasa Jorge? mi turno aún no termina.

– 	Es mama tuvo un accidente.

– 	Como… ¿Qué fue lo que pasó?

– 	Solo espérame John, pasaré por ti.

El automóvil se detuvo frente a la entrada de la emergencia del hospital, John lo esperaba en la zona donde estacionan las ambulancias, haciendo un gesto con sus manos para llamar la atención de su hermano quién adelanto el auto para recogerlo.

– 	¿Que pasa Jorge por qué lloras, que fue lo que pasó?

- La mataron hermano, mataron a mamá

- ¿De qué estás hablando Jorge, que me estás diciendo?

- La policía me llamó, algún vecino consiguió a mamá muerta, al parecer se metieron a la casa a robar y mamá se opuso.

- No puede ser Jorge, no lo creo, estas mintiendo, esto no puede ser verdad, ¿tú la viste?

- No, lo primero que hice fue llamarte.

- Entonces no es cierto, debe ser alguien haciéndote una broma, apresúrate, debemos llegar a la casa, ya veras, esto es solo una broma.

Al llegar a la casa, las peores pesadillas de estos hermanos se hicieron realidad, patrullas por doquier, los alrededores acordonados con cintas policíacas donde se podía leer "escena del crimen", algunos curiosos se aglomeraban mientras los oficiales de policías trataban de contenerlos para evitar la alteración de la escena, el llanto de una vecina rompió el silencio al ver llegar a los hermanos.

—   John, Jorge, que tragedia tan grande.

—   ¿Qué fue lo que pasó? déjennos pasar.

—   ¿Quiénes son ustedes?

—   Esta en nuestra casa oficial, vivimos aquí.

—   ¿Son familiares de la señora?

—   Si, somos sus hijos, ¿Dónde está nuestra madre?

—   Un momento no pueden pasar, lo lamento

–   Detective Martínez, llegaron los familiares de la víctima.

–   Déjenme pasar, soy médico, yo puedo ayudarla.

–   Soy el detective Martínez, encargado del caso, lamento decirles que su madre fue asesinada, creemos que se trató de un robo y su madre se resistió.

–   Noooooooooo, mamá, Dios mío, por queeee, por qué mi Dios, no lo entiendo por qué tú, por qué mi madre, que daño podía causar mi madre, no te entiendo Dios, por qué te llevaste a mi mamita, quiero verla.

–   Créanme es mejor que no entren.

Jorge mucho más fuerte de carácter que John, lo sujetó muy fuerte evitando que cayera al piso, aportando la fortaleza que necesitaban ambos para soportar semejante dolor.

—   Veo que su hermano está muy afectado, pero es necesario seguir con la investigación, las primeras horas son fundamental para resolver todo caso.

—   Yo me encargare de todo oficial , cualquier cosa que necesite será conmigo.

—   También necesito hablar con su hermano, pero esperaré que se recupere, no me mal interprete, sé que no es fácil, pero de eso depende atrapar a los que hicieron esto.

—   Lo entiendo oficial, pero entiéndanos, es nuestra madre la que está allí dentro.

–   Créame que los entiendo, solo comuníquense conmigo lo antes posible, ¿tienen dónde quedarse?, aquí no podrán estar por unos días.

–   No se preocupe por nosotros detective, yo me encargaré de eso y por favor atrape al bastardo que hizo esto.

–   Le prometo que   atraparemos a estos monstruos.

El trabajo del departamento de policía rindió sus frutos y la promesa del Detective Martínez fue cumplida, los responsables fueron capturados pero absueltos por falta de pruebas, los tecnicismos y la mala gestión judicial dejaron libre a los asesinos de uno de los casos más atroces que recordaría la ciudad.

-       ¿Sabe de dónde vengo detective? del funeral de mi madre y no entiendo como los asesinos están libres.

-       Esos tipos conocen muy bien el sistema, saben que es vulnerable y se aprovechan de eso.

-       Me está usted diciendo que se puede asesinar personas y la policía no hace nada, que clase de policías son ustedes.

-       Esta es la autopsia de mi madre, abusada sexualmente, sus órganos desprendidos a golpes, le desprendieron el hígado y el bazo a fuerza de golpes, entiende, le quebraron los dedos y muñecas, la torturaron tanto que le partieron el corazón en dos, usted sabe lo que eso significa.

—   Entiendo su frustración señor Boznic, pero no hay nada que podamos hacer, sabemos que fueron ellos, pero no podemos probarlo, así es la ley.

—   ¡Pues la ley y ustedes son una mierda!

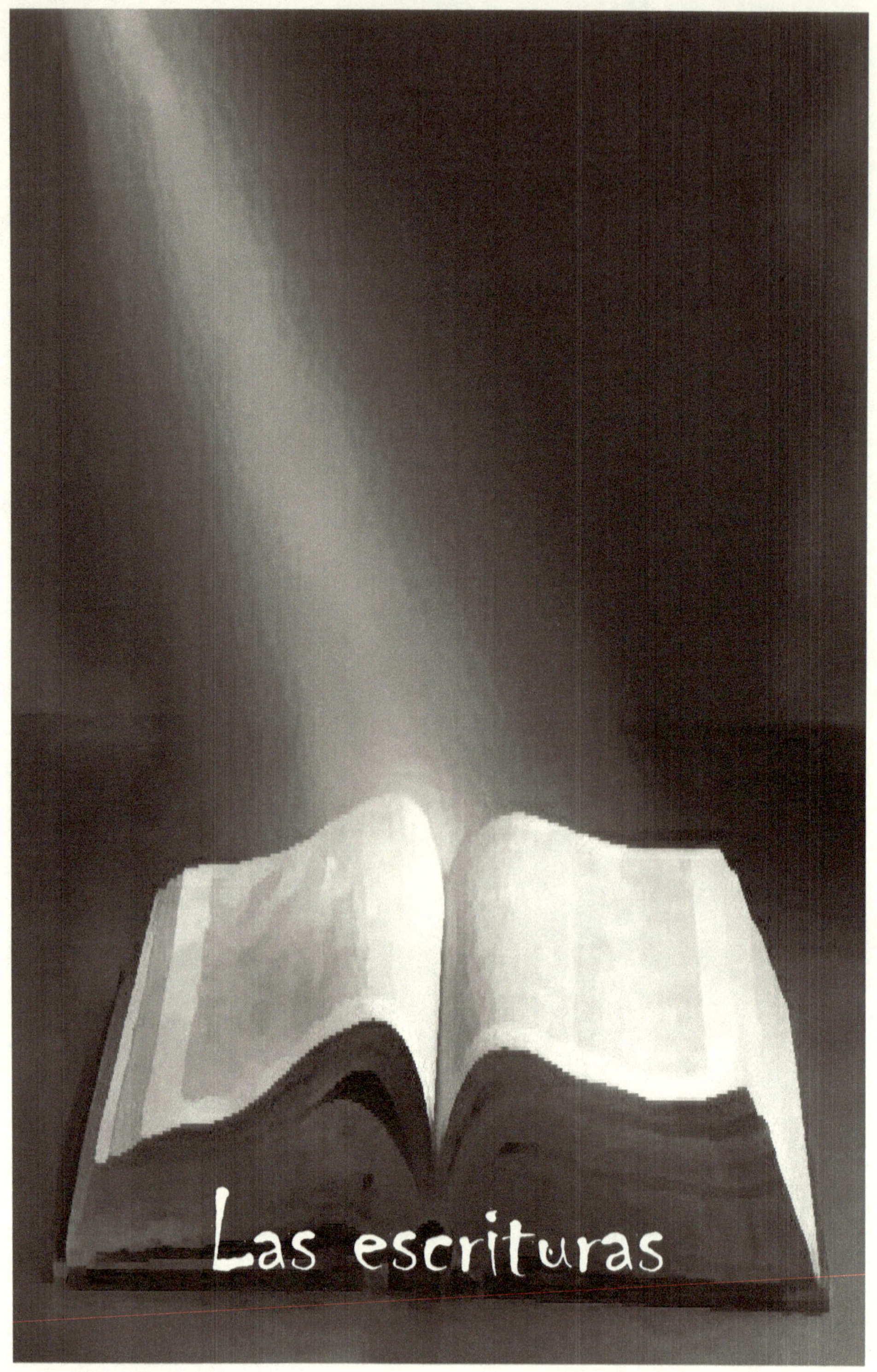

Las escrituras

Su fe se tambaleaba entre creer y no creer, el Dios que muchas veces profesó en aquellas encuentros con personas de distintas religiones incluyendo ateos, no se hacía presente por ningún lado, en sus pensamientos se rodaba una película del pasado, sus recuerdos de reuniones anteriores cuando defendía a su Dios diciendo.

"Como pueden no creer en Dios, si él lo es todo, si vivimos gracias a él, si fuimos hechos a su imagen y semejanza, si caminamos de su mano, nada nos faltara."

Ahora entendía lo que aquellas personas querían decir cuando exponían sus argumentos.

"No existe Dios ni el Diablo, solo existe el bien y el mal en cada hombre y según sus decisiones, se convertirá en Dios o en el Diablo y convertirá este mundo en el cielo o en el infierno"

Entonces hizo lo que su religión le había enseñado, pidió respuestas a Dios en sus oraciones, pero no recibió respuesta alguna, en su desesperación fue a la iglesia en busca de ayuda y ciertamente la consiguió en las palabras de un sacerdote.

-	¿Dime hijo mío en que puedo ayudarte?

-	Padre quiero hablar con Dios, necesito preguntarle algo.

-	Hijo, el siempre escucha.

-	No Padre, parece que a mí no.

-	Ten fe hijo mío, él responde a través de la gente y de las señales, solo pon atención a las señales y te darás cuenta que él está allí.

-	Padre, ¿a usted si lo escucha?

-        Cuando tengo dudas, leo la palabra de Dios, allí están todas las respuestas.

-        Tiene razón Padre, ahora lo veo claramente, Dios habla a través de usted, pero quiero las respuestas de la propia fuente, muchas gracias padre.

-        Que Dios te bendiga hijo mío.

Oró y realizó ayuno durante siete días y siete noches alimentándose sólo de las lecturas de una vieja biblia que su madre guardaba en el desván, preparó su cuerpo y su mente con alimento espiritual, finalmente se encontró en esa delgada línea que separa la sabiduría de la locura, cerró el sagrado libro y realizó las siguientes preguntas abriendo y leyendo cada versículo que estuviese en frente de sus ojos.

-         ¿Estás aquí?

Y todo lo que pidas en oración, creyendo, lo recibiréis. Mateo 21:22

-         ¿Por qué permitiste esto, que clase de Dios eres?

Yo también os destinaré a la espada, y todos vosotros os arrodillaréis al degolladero, por cuanto llamé y no respondisteis, hablé, y no oísteis, sino que hicisteis lo malo delante de mis ojos, y escogisteis lo que me desagrada. Isaías 65:12

-         ¿Qué quieres de mí?

El que derramare sangre de hombre, por el hombre su sangre será derramada, porque a imagen de Dios es hecho el hombre. Génesis 9:6

Jehová es Dios celoso y vengador; Jehová es vengador y lleno de indignación; se venga de sus adversarios, y guarda enojo para sus enemigos. Nahum 1:2

Allí concluyó la charla con su Dios, muchas dudas se apoderaron de la mente del joven médico, acaso Dios le había hablado o simplemente estaba perdiendo la cordura, el Dios que profesaba amor y perdón, ahora pedía venganza, o tal vez era su deseo más profundo que se atrevió a romper las cadenas y jugar con su mente, finalmente se desvaneció de cansancio sumergiéndose en un sueño lúcido que lo llevaría a tomar una decisión forjada en lo más profundo de sus entrañas.

Debía ser cauteloso, ser normal ante la sociedad, un ejemplo de virtud y amabilidad frente a los demás, pero por dentro existía esta bestia tratando de salir y devorar a los responsables, su sed de venganza lo consumía, ya no era el mismo, se convertiría en un ángel aniquilador, tal como el mismo Campo Elías en el libro satanás de Mario Mendoza, limpiaría al mundo de estas alimañas.

Nadie podría saber el rumbo que seguirían sus pasos, no confiaría en nadie, encontrar a los responsables no sería fácil, tendría que aprender y conocía justo a la persona que lo podía ayudar.

La cabaña

Camino a ver a su hermano pensó muy bien las palabras que diría, no podía simplemente llegar y decirle lo que tenia en mente, conocía muy bien a su hermano mayor y este no lo permitiría, tocó el timbre y esperó.

- Hola Jorge, como estas, como están los niños.

- Hola hermano, pasa por favor, que agradable sorpresa, los niños están jugando.

- Hay algo que debemos hablar.

- Quédate a comer y luego hablaremos de lo que quieras.

- Ok, esta bien.

Los niños salieron al encuentro de su tío favorito, lo llenaron de abrazos en espacial la niña Marie Amm, una dulce bebe de tres años con la calidez de un ángel, Marie la esposa de Jorge lo saludó con tal afecto que le sacó una agradable sonrisa y colocando un juego de cubiertos adicional en la mesa lo invitó a sentarse.

- Siéntate junto a nosotros John, nos gusta que nos visites, deberías hacerlo más a menudo, ademas puedes quedarte cuando gustes, esta es tu casa, así no estarás tan solo.

- Muchas gracias Marie, me gusta estar aquí, jugar con los niños me recarga de una energía mágica, en especial esta niña linda.

Terminaron la comida y ambos hermanos se retiraron a caminar por los alrededores de la casa, era una casa hermosa, la luz del sol entraba por el oeste bañando todo de un resplandor casi divino, el vecindario era muy seguro para los niños y tenían suficiente terreno para jugar cualquier juego sin temor a que los niños se lastimaran, caminaron sin decir palabra alguna, al pasar frente a la casa aun sin terminar de odisea una perra labrador de color claro que era la dueña y señora de aquellas laderas, Jorge dijo.

-	Comprenderás que no puedo acompañarte en el camino que seguirás, ahora tengo una familia a quien cuidar.

Johh comprendió inmediatamente que su hermano sabía a lo él había ido a su casa y que todo ese discurso planificado en su mente había sido en vano, su hermano era mil veces mas inteligente que el.

-        No se por donde empezar hermano, tienes algún consejo para mi.

-        Sólo recuerda los consejos de Papa, ademas, no dejes cabos sueltos, estudia todas las situaciones, no subestimes a tu enemigo y ejecuta cuando estés cien por ciento seguro.

-        Me alejaré un tiempo, necesito estar solo.

-        Tienes mi bendición hermano.

-        Despídeme de Marie y los niños, no tengo la fuerza para hacerlo.

-        Espera aquí.

Jorge entró a la casa y salió con la rapidez de un rayo, entregándole un papel doblado a la mitad.

-        ¿Que es esto?

-        Anda a esta dirección y pregunta por Pedro, dile que tienes un mensaje para él.

Se despidió de su hermano sin derramar ni una sola lágrima, con un fuerte abrazo, como si tuviese la certeza de más nunca volver a verlo.

Con la bendición de su hermano arrancó su auto y se dirigió al hospital presentó su renuncia, debía alejarse de todo, recuperarse de aquel sufrimiento tan grande, el director del hospital la aceptó, pero le dejó saber que las puertas seguían abiertas para ese brillante joven.

Se despidió momentáneamente de su hogar y manejó un par de horas hasta un lugar muy pasible, lejos de todo y de todos, arrendó una cabaña, pagó el equivalente a un año, ordenó y limpió cada rincón, era un hábito heredado de su amada madre, descansó unas horas para recargar energías, el viaje había sido agotador, colocó dos sillas frente a una pared sentándose en una de ellas, la otra se convirtió en su acompañante muda, pensó no se por donde comenzar, no soy un asesino, un pensamiento se coló en su mente.

"Sigue los consejos de papá"

Su padre un constructor que les había enseñado todos los quehaceres de un hombre de hogar, les enseñó a trabajar la madera, la plomería, el arte de los metales y la soldadura, la construcción, la mecánica, trabajos de agricultura, se podía decir que formó hombres con habilidades para cualquier trabajo, pero ademas, les repetía una y otra vez, si no conocen de un tema, investiguen, aprendan, que nadie les vea la cara de tontos.

Tenía razón, tantas veces escuchando a papá y ahora entendía lo que quería decir, todo se trata de aprender, trazar un plan y seguirlo, así que proyectó sobre una pared el plan a seguir.

1.	Encontrar a los responsables.

2.	Matarlos.

3.	No dejar rastro.

4.	Tener una coartada.

Desarrollar estos cuatro puntos llevaría al éxito de su objetivo, pero encontrar a los responsables no sería fácil, así que pasó al siguiente punto en la lista. Matarlos, no significaba dificultad alguna, si podía salvar vidas también podía quitarlas, pero matarlos no sería suficiente, quería verlos sufrir, saborear el dolor, sentir como se esfumaba la vida de aquellos malnacidos.

Colocó en la pared una copia de la autopsia, fotos del cuerpo de su madre y recortes del periódico de los cuatro degenerados, pasaba la noche investigando casos reales de crímenes sin resolver, descargó muchos libros de crímenes atroces, asesinos en serie y cualquier clase de información que le fuese útil.

Estudió muy bien la causa de muerte de su madre, una hora y dieciséis minutos de tortura brutal, violación, golpes que desprendieron sus órganos internos, pero la causa de muerte fue un infarto, le explotó el corazón, producto de tan aberrantes actos, recreó la escena en su cabeza miles de veces y definió como mataría uno a uno a estos desgraciados

Contrató personas por internet para que digitaran lo que el enviaría por mensajes de voz y lo recibiría por un correo electrónico creado bajo un seudónimo, así avanzaría en su coartada como escritor, compró dos computadores, en uno llevaría su trabajo como médico y correos personales y en el otro, todo lo relacionado a su investigación.

El calendario marcaba el mes de marzo, su cabello llegaba hasta los hombros y de tono amarillento, dando un aspecto descuidado casi de mendicidad, su cara cubierta con una barba espesa lo harían irreconocible para las personas de su círculo interno.

Todo estaba listo, destruyó todas las evidencias, fotos, recortes de periódicos, libros, investigaciones, el computador, todo lo que lo vincularía a los asesinos de su madre, armó su coartada como escritor de libro de medicina, esto sería lo que estuvo haciendo todo este tiempo.

Sólo faltaba una cosa por hacer, buscar la dirección que le dió su hermano, ¿quien era ese tal Pedro y en que podría ayudarlo?. Si su hermano confiaba en esa persona, el también lo haría, aunque

actuaría con total cautela.

Nueve meses habían pasado desde que llegó a

esa cabaña, pero ese día John se quedó y quién salió

fue el Diablo.

Magia negra

La dirección lo condujo al centro de la ciudad, cinco horas de viaje sin saber que encontraría en ese lugar, el gps lo guió hasta un local de consulta espiritual, la gran Luz se leía en la entrada del local, tocó en timbre y para su sorpresa, fué la misma Lucía quien le abrió la puerta

-        Adelante Joven, dijo sin reconocerlo

-        Que desea, quiere le lea las cartas del tarot, que adivine su futuro, algun trabajo para recuperar el amor, lo que quiera, aquí lo encontrará.

-        No se, dímelo tu…

-        Ahhhh, un trabajo difícil, esos me gustan., siéntese allí mismo y escriba la fecha de su nacimiento en esta hoja.

Lucía encendió una vela y la colocó justo encima de la hoja sin mirar la fecha, barajó las cartas seis veces y luego se la pasó para que las partiera.

-       **La carta del Diablo invertida**, parece que no vienes para nada bueno, prosiguío, **La torre**, buscas liberarte de tu pasado, una pesada carga o tal vez pensamientos oscuros, **El sumo sacerdote**, necesitas consejos de alguien muy importante, **La justicia**, un sacrificio restaurará el equilibrio pérdido. Que interesante mano de cartas.

Tomó la hoja el cual estaba impregnada de cera de vela, la encendió por uno de sus extremos y mientra se quemaba dijo.

- La palabra será cumplida, una antigua alianza será restaurada y las sombras de la muerte cubrirán con sangre el destino de aquellos que fueron señalados… No se tu, pero esto es bastante macabro, incluso para mi. Él sonrió y con gesto de incredulidad dijo.

- Hola Lucía, aun provoca hacerte maldades.

- ¿Quién eres tu?

- Ya no recuerdas a tus amigos… yo soy el Diablo.

- ¿John?

- Si John… Jorgito, como ustedes solían llamarme.

Ella se levantó de un salto y lo abrazo, él correspondió el abrazo de una manera muy afectuosa comprendiendo que su hermano lo envió a la búsqueda de Pedro el hermano mayor de Lucía.

- Que cambiado estas, ya no eres aquel niño de mirada inocente.

- ¿Qué haces aquí John?

- Busco a tu hermano Pedro, es algo personal.

- Si buscas a mi hermano no lo encontraras aquí, el Pedro que tu conociste ya no existe y como las cartas no mienten, entonces es al nuevo Pedro al que estas buscando.

-	Si, ¿Sabes donde puedo encontrarlo?

-	Te lo diré, pero debes tener mucho cuidado, ve al bar La Estrella y pregunta por el Don, él te encontrara, ten cuidado John, mi hermano tiene muchos enemigos, preguntar por el no es cosa de juegos, cuídate por favor.

-	Gracias Lucía, pero yo no estoy jugando, fue un verdadero placer verte de nuevo.

-	Igual para mi John y vuelve un día, el Diablo y yo tenemos algo pendiente desde hace mucho tiempo.

Desde la puerta John miró a aquella mujer hermosa y pensó que tal vez no tendría nuevamente la oportunidad de besar esos labios con los que por tanto tiempo soñó, se acercó a ella, colocó su mano derecha detrás de su cabeza y le dió un beso con tal pasión que Lucía soltó un suspiro como si tratara de recuperar el aliento, lo tomó de la mano y lo condujo hacia una habitación detrás del recinto e hicieron el amor como dos adolescentes que se deseaban desde hace un largo tiempo.

El sudor corría por todo su cuerpo, Lucía seguía encima de John, e inclinándose hacia el borde superior de la cama tomó un cuchillo muy afilado que alli escondía, John le sujetó la mano con fuerza.

-       No te preocupes John déjame hacer lo que se hacer, solo observa y calla, confía en mi.

John soltó su mano, pues los ojos de Lucía decían la verdad, así que con el cuchillo en su mano, Lucía realizó una cortadura en la base de ambas manos, justo al finalizar las muñecas, la cortadura no era grande pero si lo suficiente profunda para que la sangre corriera a través de sus brazos, colocando sus labios en ambas muñecas pintó su boca con su sangre y comenzó un ritual en una lengua desconocida para él, que terminó con las siguientes oraciones.

- Que mis palabras las pronuncie el Demiurgo, que mis labios los guíe Abraxas, que el equilibrio se mantenga hasta el día de mi muerte.

- **Con un beso te protejo.** (Colocando las palmas de ambas manos hacia arriba)

- **Él te mantendrá seguro.** (Palmas hacia abajo)

- **Aunque camines por el infierno.** (Palma derecha hacia arriba e izquierda hacia abajo)

\-   **Tu corazón se mantendrá puro.**

(Palma izquierda hacia arriba, derecha hacia abajo)

Se inclinó y estampo un beso de sangre en el pecho de John, a la altura de su corazón.

\-   ¿Que fue todo eso?

\-   ¡Protección!

\-   Sabes que no creo en eso

\-   No hace falta que lo creas, la magia ha estado aquí desde antes que tu y yo nacieramos y aquí seguirá por siempre, muchos la usan para hacer daño la llamamos brujería y muy pocos para hacer el bien, a esa la llamamos amor.

-       Gracias por todo Lucía, pero en este momento no puedo creer en el amor.

-       Yo tampoco creo en el amor de los hombres, has lo que debas hacer John y regresa aquí, me encanta tu compañía.

Lucía regresó del baño luego de darse una ducha, John la esperaba en la sala de las consultas esotéricas, ella le dió un beso en los labios, él notó que en sus manos no habían cicatrices ni marcas de cortaduras.

-       No están las marcas de tus cortadas, no lo entiendo

-       No trates de entender.

Los pensamientos de John fueron interrumpidos por el anuncio en la puerta de un nuevo cliente, Lucía guiñando un ojo le dijo:

- Es hora de marcharte John, debo seguir con lo mío.

Al mismo tiempo que escuchaba un susurro que le decía.

- Vuelve a mi.

John se marchó, pero no dejaba de pensar lo extraño del momento, al llegar a su casa tomó un baño de agua muy caliente, le gustaba meditar en ese tiempo, pensó como era posible hablar y susurrar al mismo tiempo, al fin y al cabo Lucía si era una bruja de verdad, sonrió para si mismo. Al salir notó que el beso de su pecho no había desaparecido, es más, había penetrado su blanca piel y como si de un tatuaje se tratase, se posó en medio de su pecho desnudo, por mas que trató de limpiarlo con agua y jabón no lo logró, ese beso no pudo borrarlo jamas.

Eran casi las once de la noche, un aviso identificaba aquel antro como La Estrella, un lugar sumamente elegante pero dentro podía encontrarse lo mas bajo de la decadencia humana, miró a su alrededor, el lugar estaba decorado con pinturas de grandes artistas y la gente vestía de manera muy formal.

- 	Un whisky, por favor.

- 	Aquí lo tiene señor, si quiere hielo solo diga.

- 	Así esta bien, (tomándoselo de un solo trago).

- 	Deme otro.

- 	¿Quiere la botella completa o solo un trago?

- 	Solo deme el trago, pero doble esta vez

- 	Cuénteme ¿Qué hace por aquí?

- 	Busco a alguien, le llaman el Don, dicen que frecuenta este lugar.

- 	Nunca he escuchado hablar de ningún Don.

-	Bueno mañana estaré aquí a la misma hora, dígale que el Diablo lo anda buscando.

Terminó su trago y se marchó, las preguntas de aquel desconocido alertaron a todos en el lugar, quién tendría el valor de preguntar por el Don, nadie se atrevería a hacerlo sin aceptar las consecuencias.

-	Jefe, alguien esta preguntando por usted, en la estrella.

-	¿Quién?

-	No lo sabemos jefe, nadie lo había visto nunca, dice ser el Diablo.

-	Con que el Diablo, búsquenlo, sáquenle toda la información y luego mátenlo.

El Don

El Don, un narcotraficante que se había hecho de renombre a fuerza de balas, llegando a estar en la cima de la cadena de distribución de drogas, gracias a su astucia y habilidad con el gatillo.

Escolta de un capo, ganó su confianza quedándose con el negocio cuando el departmento anti drogas de la policia lo capturó, rodeado de enemigos, el Don no se había visto en muchos años, manejaba su negocio a través de sus empleados mas fieles, matones que darían su vida por él, dos pistolas nueve milímetros en su cinto y un olfato para detectar emboscadas le habían salvado de la muerte en más de una oportunidad.

El más temido por los malos de la ciudad, conocía cada jugada de sus enemigos como si de un juego de ajedrez se tratase, tenía ojos y oídos en todos lados que le informaban lo que pasaba en cualquier rincón del bajo mundo, quien era, tal vez un policía encubierto, quién se atrevía a preguntar por él, en sus propios dominios.

A las once de la noche en punto John llegó al bar La Estrella, pero esta vez fue en taxi, se sentó en la barra y pidió un Whisky, mientras lo tomaba, el frio del metal en su cien lo sorprendió.

- Acompáñanos.

- ¿Quiénes son ustedes?

- Querías ver al Don, ahora lo veras.

Lo llevaron sin cubrirle el rostro (indicativo de que lo matarían), hasta un casino clandestino que servía como centro de reuniones, apuestas, pero sobre todo de tortura, lo inmovilizaron amarrándolo a una silla, el primer golpe vino acompañado de la siguiente pregunta.

-       ¿Quién eres, para quien trabajas?

El Don disfrutaba de una partida de poker con algunos de sus colaboradores en la parte de atrás de ese mismo lugar.

-       ¿Qué les ha dicho nuestro amigo el Diablo?

-       Alberto se esta encargando de eso jefe.

-       LLaménlo.

Alberto un gorila de casi dos metros de alto, tan fuerte que un solo golpe haría llorar hasta los propios muros de concreto.

- ¿Me mandó a llamar jefe?

- Si Alberto, que ha dicho nuestro invitado?.

- Nada jefe, solo habla de la biblia.

- Jajajajajajajajajajaja, que cosa el Diablo rezando, bueno que rece bastante.

- Si no dice nada, comienza cortandole un dedo, todos hablan al segundo dedo, hasta los mas duros.

- Jajajajajajajajaja, todos rieron.

- Claro Jefe.

-        Solo por curiosidad Alberto, que dice de la biblia.

-        No sé jefe, algo de los apóstoles.

El Don se quedo pensativo y antes de que el hombre se marchara dijo.

-        Espera un momento Alberto, tengo curiosidad de conocer a este tipo.

Al llegar se detuvo en la puerta tratando de identificar a este individuo con aspecto de Jesus de Nazaret, nada le parecía familiar en él, pasando su mano por su gran bigote pensó, ¿quien demonios es este imbécil?.

John se encontraba con la cara ensangrentada, sus ojos no podían mantenerse abiertos producto de los golpes propinados por estos salvajes, de su boca burbujeaba la sangre y un sonido semejante a la de un perro cuando es ahogado por su propia saliva, el Don se acercó y levantó su cara tomándolo por los cabellos.

-       ¿Quién coño eres tu?

Un sonido casi inaudible salió de su boca

-       Habla mas fuerte, ¿Quién eres?

-       Tengo un mensaje para el apóstol Pedro.

-       Un momento, ¿que dijiste?

-	Tengo un mensaje para el apóstol Pedro

El Don reconoció enseguida que su pasado lo había encontrado, el temor se apoderó de él, su sangre se volvió helada como tempano de hielo y por primera vez en su vida sintió que era vulnerable, que no tenía control de la situación, pensó en su familia, en sus hermanos, esa era su única debilidad.

-	Yo soy el apóstol Pedro, ¿Cuál es el mensaje?

-	Tu hermano Jorge pide que cumplas con tu palabra.

-	¿Quién eres tu?

-        Yo soy Diablo.

-        Oigan todos, este hombre es mi hermano, busquen un doctor, que nada le pase o todos ustedes se mueren.

Varios dedos fracturados, el cuerpo lleno de heridas y múltiples golpes en la cara, mucha sangre a su alrededor pero lejos de un par de costillas rotas no tenía nada grave, el médico colocó vendas alrededor de su torso y dijo.

-        Que cumpla el tratamiento que le indiqué al pie de la letra y en un par de semanas estará bien.

El Don acercó una silla sentándose con el respaldo hacia adelante.

-	Disculpa la bienvenida John, pero comprenderás que no te reconocí.

-	No te disculpes Pedro, yo sabía donde me metía, pero acércate dame un abrazo no muy fuerte, es bueno verte de nuevo.

-	Dime ¿que haces aquí, te envió mi hermano Jorge?

-	Jorge pide tu ayuda y tu silencio.

-	Para mi hermano lo que sea, solo dí lo que quieras y se hará sin preguntar ni cuestionar.

-	¿Supiste lo de mi madre?

- Si, lo supe y lo siento mucho, pero no fue nadie de mi gente, yo no me dedico a eso.

- Lo sé, solo quiero que los encuentres y los traigas ante mi, te diré la hora y el lugar, de lo demás me encargaré yo.

- John, no te metas en estas cosas, tu no eres un asesino, deja que mi gente se encargue.

- No vine a pedir tu permiso Pedro, sólo tu ayuda, ¿puedes o no?

- Veo que ya tomaste una decisión y no hay nada que yo pueda hacer, tienes mi apoyo, a partir de este momento tu boca habla y mis manos obedecen.

- ¿Como estaré en contacto contigo?.

- Vé a la con cincuenta y tres con la séptima, allí en la esquina encontraras una droguería que construí en honor a mi vieja, la droguería lleva su nombre, ¿lo recuerdas?

- Claro que si.

- Entrega allí una nota, indicando que es el récipe para el cronicismo de la señora Eva, coloca allí el nombre, la dirección, la fecha, la hora, cualquier detalle que consideres oportuno y considéralo hecho.

- Gracias hermano, sabía que podía contar contigo.

- Lo que sea para Jorge y su hermano, yo les debo tanto a ustedes, esto no es nada.

- Necesito cambiarme de ropa, no te preocupes por mi, sabes que soy médico, puedo cuidarme solo.

-	En ese estante hay varias camisas toma las que quieras, pero puedes quedarte aquí si lo deseas.

-	Tengo cosas que hacer, es hora de irme.

-	John, cuando toque la hora de partir, pregunta en la droguería por Domingo, él te entregará algo, no olvidés el nombre Domingo.

-	No lo olvidaré y Don ya no me llames John, porque el que esta delante de ti, es el Diablo.

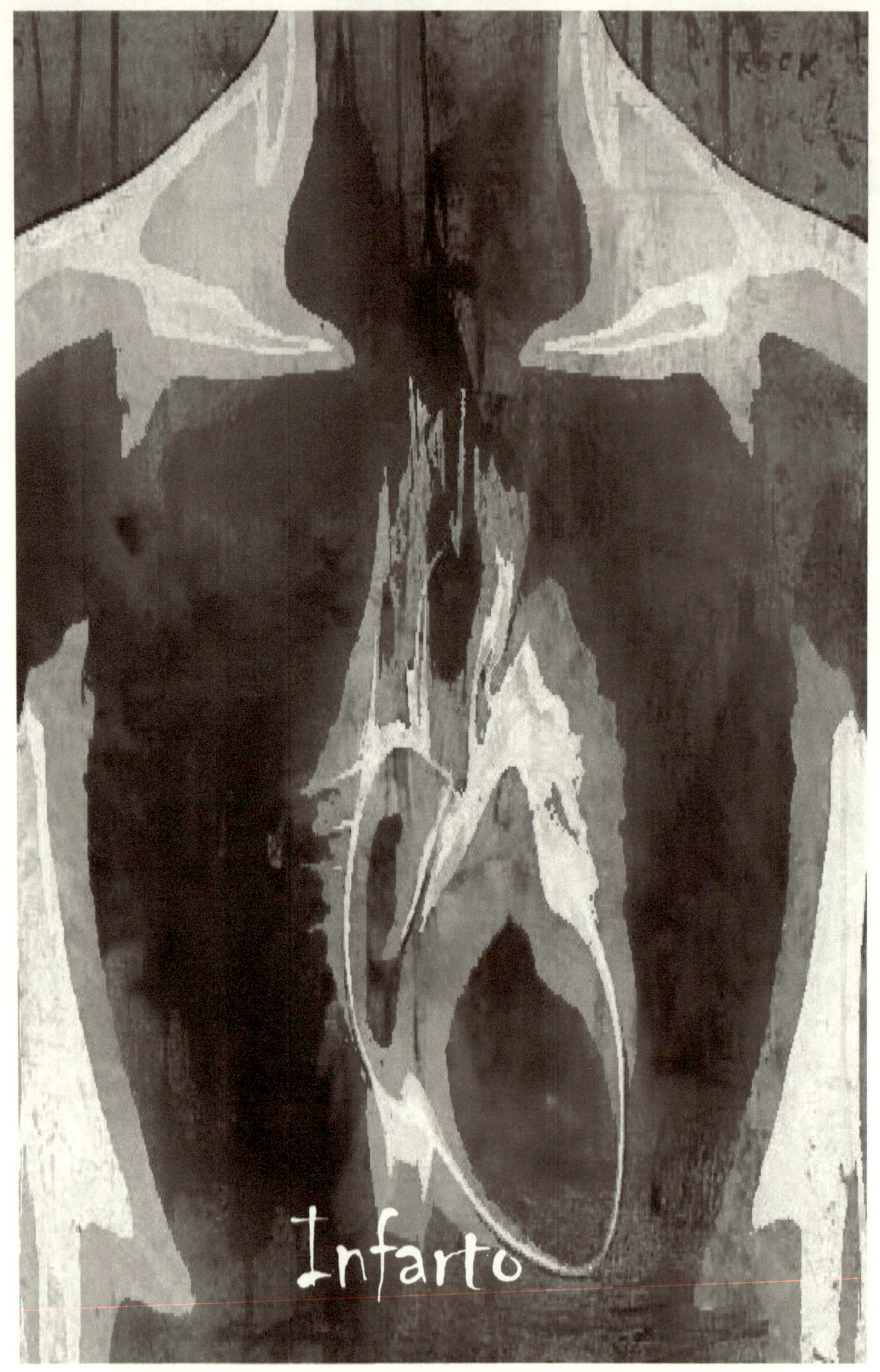

Infarto

Escogió el lugar y la hora, un aserradero abandonado, lejos del bullicio de la gran ciudad, este sería el sitio ideal para lo que planeaba hacer, nadie escucharía los gritos, sin testigos, pero dejaría un mensaje muy claro, el mundo sabría que existe castigo para los que cometen este tipo de crímenes, la sentencia había sido dictada **CULPABLES...**

Compró las herramientas y materiales necesarios para la construcción de un dispositivo mecánico manejado de manera automática, el cual fijó a una silla de metal anclada al piso, especialmente diseñada para mantener lo brazos estirados como si simulara una crucifixión.

Llegó hasta la droguería, se acercó como un cliente más, esperó su turno para ser atendido, sacó una nota de sus bolsillos.

-        Este es el récipe del cronicismo de la

señora Eva.

-        Listo señor, su pedido estará a tiempo.

Se retiró del lugar a desayunar, envió mensajes de

voz al personal que contrató como digitadores, esto con

la excusa de avanzar en su supuesto libro, utilizó un

teléfono que compró con efectivo a nombre de Luci,

ahora sólo debía esperar.

Finalmente llegó el día, comió sin tener apetito, dos

panecillos con mermelada y un jugo de naranja un poco

ácido para su gusto, sabía que necesitaría esas

energías, conocía muy bien su cuerpo y sospechaba

que no volvería a comer en todo el día. Antes de entrar

al aserradero dió unas vueltas verificando que no

hubiese sorpresas, caminó hasta la entrada, se detuvo y contempló aquel viejo centro de producción del cual sólo quedaba restos de maderas apiladas en forma de pequeñas montañas, sentado sobre el artificio mecánico se encontraba aquel malnacido con las manos dobladas hasta el punto de quebrar sus muñecas, el dispositivo estaba conectado a gatos hidráulicos que hacían recorrer una especie de vara de acero muy afilada en uno de sus extremos, en el otro extremo un soplete encendido suministraba fuego manteniendo la vara al rojo vivo, a una temperatura de más de mil grados Celsius, el sistema hidráulico empujaría las varas que penetrarían a través de las palmas de las manos de manera sincronizada, la de la izquierda cuatro centímetros menos que la de la derecha para fundirse metal con metal al encontrarse en el centro del corazón a través de las aurículas izquierda y derecha, en el recorrido del metal hirviendo éste destrozaría los huesos, venas y arterias causando un dolor inimaginable, derritiendo la carne de adentro hacia afuera durante setenta y seis minutos exactos, los gritos aterradores serían música para los oídos de John, quien se deleitaba con el sufrimiento y el olor a carne quemada de aquel miserable hombre.

John grababa todo aquel espectáculo sentado en una silla, a su lado, otra silla se encontraba vacía como si se tratase de algún acompañante ausente.

-        Allí lo tienes Mamá tal como lo prometí…

El teléfono sonó, eran las tres de la mañana.

-        Detective Martínez, respondió él.

-        No podrás creer esto, (dijo la voz al otro lado de la línea) ya pase la dirección a tu móvil, ven lo más pronto posible, esto saldrá en todas las noticias, será una locura.

Antonio Martínez un veterano detective del departamento de policías, quien había escogido la vida de soledad para no tener que estar dando explicaciones de su vida a nadie, y aunque era el mejor en lo que hacía, nunca se imaginó que se encontraría con un caso tan difícil de resolver, se vistió en un instante, pues las palabras de su compañero lo hicieron emocionar, tenía años anhelando un caso que lo hiciese sacar todo su instinto de cazador de hombres, tomó su placa, su arma de reglamento, verificó el cargador y le colocó el seguro, se puso el chaleco anti balas y salió del departamento con un único pensamiento, "que éste si valga la pena" pensó para sí mismo.

Su teléfono mostraba la dirección que le había pasado su compañero, en el camino se detuvo para tomar un café, fuerte y sin azúcar, tomar café lo hacía pensar mejor, además ningún caso merecía que dejara de tomar su café en la mañana. Llegó a la escena del crimen, lo primero que notó fue lo alejado del sitio, seguramente no habrían testigos, los vecinos más cercanos estaban a más de un kilómetro de distancia.

Su compañero salió a su encuentro, la puerta del lugar era custodiada por un par de policías y acordonada con cinta policíaca para evitar contaminar la escena, un galpón abandonado en el cual funcionó un aserradero de madera que fue cerrado hace mucho tiempo cuando la ley prohibió la tala de árboles en esta ciudad.

La escena era algo grotesca, había sangre esparcida por todo el lugar, incluso en una pared se podía leer la palabra **INFARTO** escrita con sangre, el olor a muerte era el dueño y señor de ese recinto.

- ¿Qué tenemos aquí?

- Se ensañaron con éste.

- ¿Que tiene en los brazos?

- Aun no lo sabemos, parece una especie de metal.

- Dios, no quisiera estar en sus zapatos.

- Esto sin duda fue una venganza.

- Pongámonos a trabajar.

Revisaron todo el lugar, obtuvieron muestra de sangre y huellas digitales, tomaron fotografías y recogieron toda la evidencia necesaria, enviaron el cuerpo a medicina forense y los equipos al departamento de ingeniería de la policía, ahora sólo necesitaban tiempo para conocer los resultados e identificar el cuerpo.

Los resultados llegaron por fin, las huellas y los exámenes coincidían con el de un delincuente conocido como Peeter alias El listo, solo sus huellas estaban en la escena por lo que los detectives concluyeron que fue un trabajo realizado por profesionales.

- Este tipo debe tener muchos enemigos, cualquiera pudo hacerlo.

- Si pero esto fue un trabajo digno de un ingeniero.

- Yo investigare a quien pertenece ese galpón.

-        Tu investiga para quien trabajaba

Peeter, sus socios, familia, todo lo que puedas hallar.

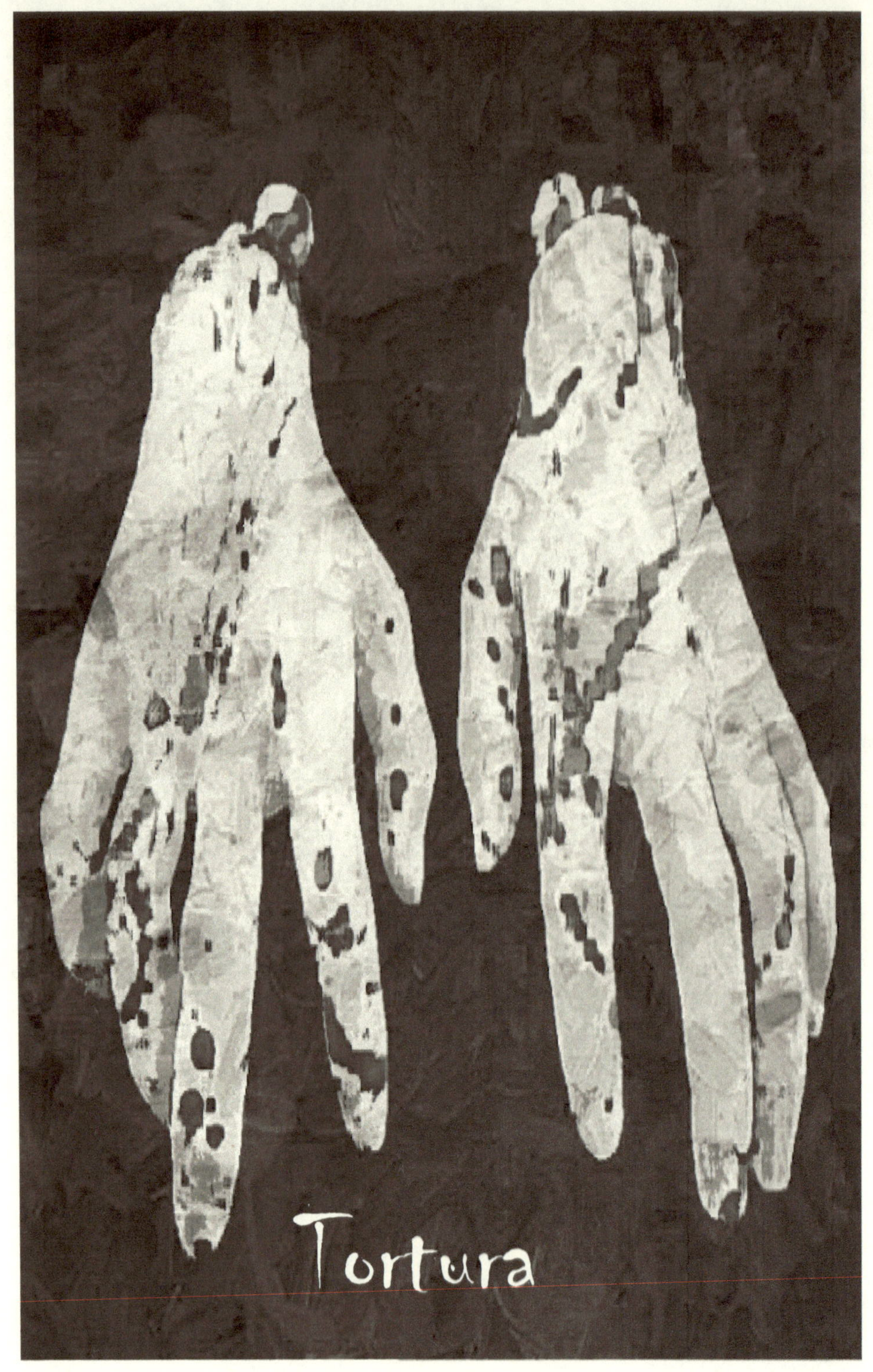
Tortura

Le tomó tres días para que el temblor de sus manos pasara, al fin y al cabo no era un asesino, no es lo mismo leerlo en los libros de Agatha Christie que vivirlo, en el momento, la adrenalina llena todo tu organismo y no deja tiempo para la duda, pero una vez pasado este efecto te sientes nervioso, estresado, sientes que todo el mundo te mira, a pesar de eso, extrañamente no sentía arrepentimiento ni culpa.

Esta vez decidió subir a otro nivel, serían sus manos las portadoras del dolor, sin artilugios, sin automatismos, sin inventos, quería saborear de propia mano como se extinguía la vida de este miserable, lo miraría a los ojos mientras su vida se alejaba poco a poco y lo disfrutaría como nunca.

Colocó un espejo muy grande para que tanto él, como su víctima no se perdiera de nada, sabía por experiencia propia que el dolor comienza por la imaginación y le enseñaría su peor pesadilla.

Ubicó el lugar, el establo abandonado de una granja de verano, allí podría hacer lo que quisiera sin que nadie lo molestara, pues los dueños solo pasaban por ese lugar una vez al año, las indicaciones fueron claras un nombre, una fecha, el lugar y la hora fueron entregadas a la droguería, donde ademas compró inyecciones de adrenalina y suero para hidratar el cuerpo, sólo quedaba esperar.

Una silla de metal sujeta al piso con concreto diseñada para mantener los brazos estirados hacia adelante, en la parte superior de la silla se alzaba una prensa manual donde se asentaría la cabeza.

Frente al asiento un mesón de forma rectangular con muchas herramientas para cortar, un par de serruchos, una sierra circular con distintas hojas de corte, tijeras para cortar metal, martillos, navajas, una plancha para ropa, vendas y una extensión con múltiples tomas eléctricas, esta vez sólo colocó una silla imaginando a su madre sentada observando aquel grotezco espectáculo.

Las huellas de los neumáticos marcados en la arena por la tenue llovizna anunciaban lo inevitable, adentro lo esperaba su segunda cita, esperó diez minutos en el auto para organizar sus ideas, finalmente entró y allí estaba, tal como lo esperaba, se colocó un overol desechable de cuerpo entero, de esos que se usan para no mancharse la ropa, tomó unos lentes, una mascarilla y se colocó frente a este infeliz.

-        ¿ Quien eres tu, que quieres de mi?

- Te voy a dar la oportunidad de que mueras sin dolor, te haré tres preguntas, si aciertas alguna, tu muerte sera rápida, pero por el contrario si no sabes la respuesta de ninguna, sufrirás mas dolor del que nunca sufriste en toda tu maldita vida.

- ¿Qué quieres de mi? me estas confundiendo, yo nunca te he visto en mi vida.

- Cierra la boca y contesta mis preguntas, primera pregunta, ¿tu sabes quien soy yo?

- No, nunca te he visto, ya te lo dije.

- Segunda pregunta, ¿Conoces a mi madre?

- Nooooooo, me estas confundiendo imbécil.

-        Tercera pregunta, ¿sabes por cuanto tiempo te torturaré?

-        TE MATARÉ DESGRACIADO, SUELTAME O TE JURO QUE TE MATARÉ.

-        No puedes matarme… yo ya estoy muerto.

Puso andar el reloj y dió inicio a la grabación, tomó el serrucho y en un movimiento fuerte hacia adelante y atrás cortó la mano derecha a la altura de la muñeca, los gritos estremecedores de aquel individuo se transformaban en felicidad para él, al terminar, lanzó aquel pedazo de extremidad a un contenedor de basura ubicado a un lado de la silla, tomó la plancha que había encendido previamente y la colocó en el brazo cercenado cauterizandolo a carne viva. El dolor hizo que éste se desmayara.

- Despierta, despierta, aún no morirás.

- Tomó una inyección de adrenalina y se la colocó, además suministró suero vía intravenosa para evitar que muriera desangrado.

- Despiérta… es hora de continuar, pero esta vez no cerraras los ojos.

- Tomó las tijeras de cortar metal y cortó ambos párpados lanzándolos en el contenedor.

- AAAAAAHHHHHHH (gritos de dolor).

- Tranquilo no te perderás de nada, eso te lo aseguro, cierto mamá (decía mientras su mirada era dirigida hacia la silla vacía).

Usando nuevamente el serrucho, cortó la mano izquierda a la altura del codo, cauterizándola con la plancha caliente hasta más no poder.

- AAAAAAHHHHHHHHHHHH (gritos), eres un maldito desgraciado.

- Jajajajajajajajajajajaja, lo ves mamá te dije que no aguantaría, jajajajajajajajajaja.

- Ya no podras torturar a nadie.

- AAAAAAHHHHHHHHHHHH (gritos)

Tomó unas tenazas y cortó uno a uno todos los dedos de su pie derecho y usando un dedo como si fuese un lápiz escribió sobre la pared la palabra **TORTURA.**

Los gritos de dolor no cesaban y John disfrutaba que cada grito fuese más intenso que el siguiente, llegó el turno de la cierra eléctrica y cortó un pie a la altura del tobillo, el otro lo abrió en dos usando como guía el tercer dedo, esto es divertido, pensó, mientras separaba ambos extremos con sus manos.

Veintitrés minutos restaban para que el reloj detuviera su andar, pero este monstruo seguía con vida, así que calentó una cuchara con un encendedor tipo soplete, cerciorándose que estuviera lo suficientemente caliente para que causara el máximo dolor, la introdujo en su ojo, extrayendo el globo ocular por completo con la exactitud de un bisturí.

-      AAAAAAAAHHHHHHHHH (gritos)

-        Ahora te dirán el tuerto Steven jajajajajajajaja, (mientras lanzaba el ojo ensangrentado dentro del contenedor).

El tic tac del reloj se tornaba eterno para aquel que pasó de ser torturador a torturado, John alzó su cabeza colocando su mirada fija en el andar de las manecillas del reloj y con un fuerte golpe empujo la cabeza de este estropajo sujetándolo contra la prensa, durante los siguientes minutos giró la manivela apretando la prensa cada vez más, giró, giró y giró hasta que la cabeza explotara como una sandía, regando todo de fluidos encefálicos, desde el techo hasta las pacas de heno apiladas en alguna de las esquinas.

En la estación de policía ya no quedaban pistas por seguir, el galpón resultó ser de personas que ya no vivían en la ciudad, la dirección de la víctima no mostraba signos de entrada o algún indicio de violencia, sin testigos, el caso se había trancado.

-        Detectives, ¿como va el caso del aserradero?

-        Sin pistas Capitán, estamos revisando qué se nos pudo escapar.

-        Bueno esta mañana recibimos una llamada, al parecer el perro de una familia regreso de su paseo con una extremidad humana en su hocico, en su escritorio esta la dirección, pónganse a trabajar.

-        Si Capitán inmediatamente.

Una pequeña granja perteneciente a una familia de recolectores de naranjas el cual suministraba su producto sin falta a la comunidad, el padre fundador de esta granja la había convertido en una empresa exitosa a través de un método de riego por goteo el cual permitía tener cosecha todo el año. Pero el protagonista esta vez sería su perro Tyson, un pastor Belga que se había convertido en todo un cazador y cuidador de la familia.

-        Buenos días, soy el detective Martinez y él es mi compañero el detective Fouley, ustedes llamaron a la policía?

-        Si oficiales, mire mi perro llegó con esta cosa en su boca, no sabemos de donde, pero no debe ser de muy lejos, Tyson no se aleja mucho de la casa.

-        Es una mano, la enviaremos a análisis, muchas gracias señores, ¿podemos echar un vistazo por la casa si no les molesta?

-	Si por su puesto, ¿quieren jugo de naranja señores?

-	Si por que no.

La esposa sirvió un vaso de jugo de naranjas recien exprimidas a los dos oficiales.

-	Dios, este es el mejor jugo de naranja que he probado en toda mi vida.

-	¿Le gusta? son naranjas cosechadas aquí.

-	Dígame algo mi amigo, ¿eso que se ve allá son naranjas?

-	Si. Las mejores naranjas de la ciudad.

-        Pero como… si no es temporada.

-        Lo que pasa, es que nosotros tenemos nuestro secreto, un sistema propio de riego diseñado por mi padre y continuado por mi, venga le muestro.

Los oficiales fueron guiados hacia el sembradio de naranjas, el cual se veia interminable en el horizonte, un ramal de tuberias recorria el lugar bifurcandose entre los arboles, dotando del agua y nutrientes necesarios para mantener la vida fertil de los naranjos. Todo esto mientras el campesino explicaba como cosechar a travez de este complicado sistema de riego.

-        Excelente sistema, ¿su padre era ingeniero por lo que veo, esto es muy complejo?

-        No, mi padre era agrónomo, conocía muy bien la tierra, mi abuelo era el ingeniero, ambos me enseñaron todo lo necesario para seguir su legado, yo me crié en el campo al igual que mis hijos, ellos algún día asumirán las riendas de este negocio, esto es conocimiento que se pasa de generación en generación.

-        Lo felicito señor, tiene una empresa digna de admirar y conservar.

-        Muchas gracias.

En un instante la granja se lleno de patrullas con la intención de localizar los restos de este cadáver, pero el detective se le ocurrió una idea brillante.

-	¿Amigo me dejaría utilizar a su perro para ver donde nos lleva?

-	Si claro oficial, haga lo que tenga que hacer, Tyson ven, ven, busca amigo mío, busca…

-	Que la unidad alfa siga al perro a ver donde los lleva, los demás barran todo el perímetro en un radio de dos kilómetros, comenzando desde el sembradío de naranjas, bueno señores comenzamos ya.

No pasó mucho tiempo cuando por el radio comunicador se escucho lo siguiente.

-	Lo encontramos señores, no podrán creer esto, vamos a acordonar el área, vengan a la siguiente granja que queda hacia el oeste, estamos como a tres kilómetros.

Un cuerpo putrefacto, mutilado y con signos de horribles torturas, varios días habían pasado desde aquel infierno, lo primero que notó fue la ausencia de automatismos, esta vez lo hizo con sus propias manos, eso lo dedujo al ver solo una silla frente a la escena, sin embargo, no había duda, la palabra escrita en la pared afirmaba que se trataba del mismo asesino.

-        Señores estamos ante la presencia de un asesino en serie…

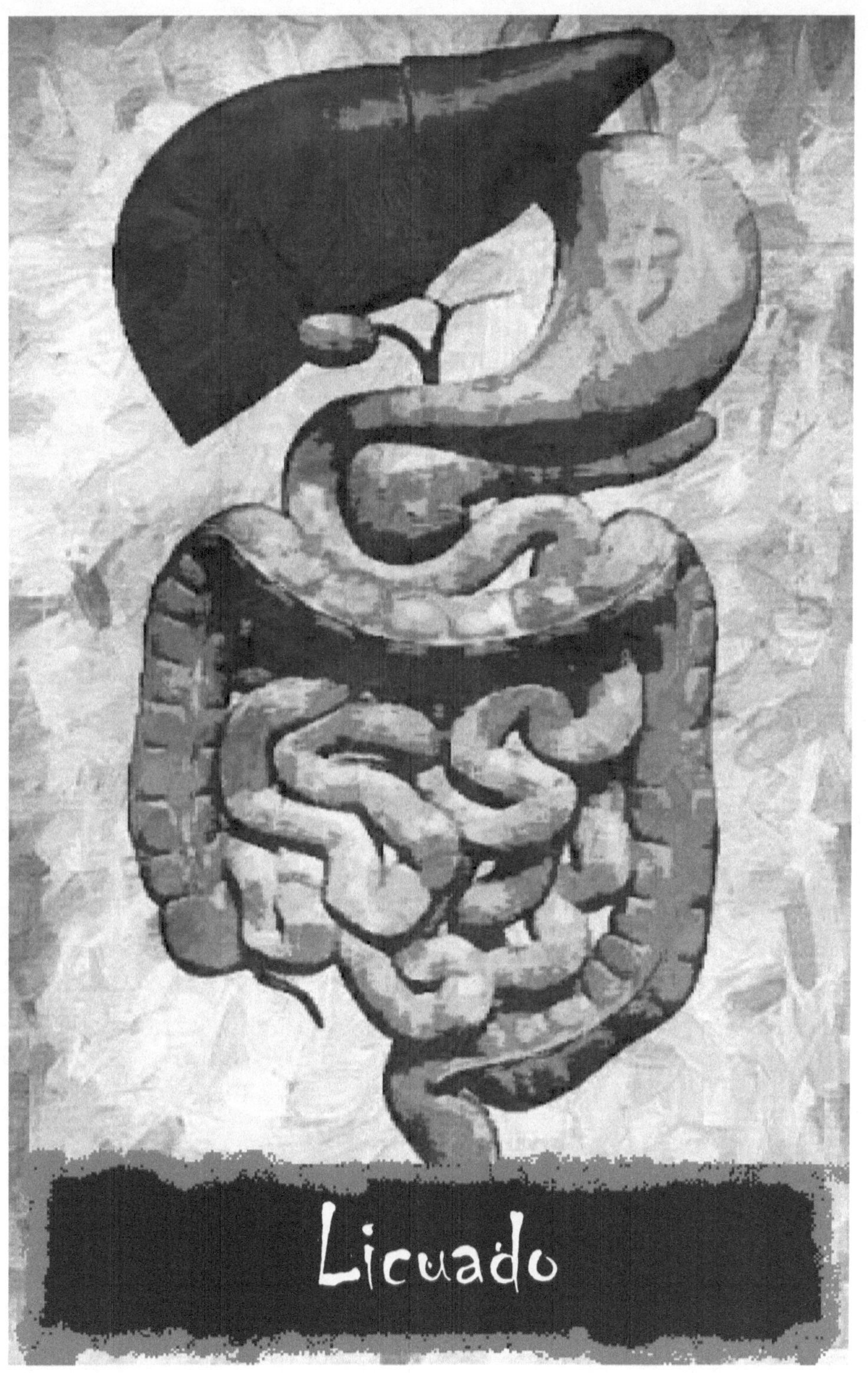
Licuado

La escena del crimen fue recreada en la estación de policía, todo daba a entender que se trataba de dos personas como mínimo, al igual que en la escena anterior, la posición de las sillas apuntaban a lo mismo.

- Detectives la sangre y las huellas encontradas pertenecían a la víctima.

- Estos tipos no cometen errores.

- Pero lo harán, siempre sucede, cuando se sientan confiados cometerán un error y allí estaremos nosotros para capturarlos.

- Señores tenemos los resultados, se trata de Steven Pregnant, una basura con un expediente tan grande como esta comisaria.

- Osea que tenemos un asesino de asesinos.

-	Entonces dejemoslo trabajar para que limpie esta ciudad.

-	Nada de eso, estos tipos están violando la ley y nosotros lo pondremos delante de la justicia, hay que demostrar que nadie esta por encima de la ley, nadie…

-	Claro Capitán era sólo una broma.

-	Investiguen que tienen en común estas joyitas a ver que los relaciona, mantenganme informado.

-	Claro Capitán ya trabajamos en eso.

Sabía que el tiempo no estaba de su parte por lo que esta vez entregó en una sola petición, dos nombres, dos fechas, dos locaciones distintas, pero solo un dia de diferencia entre cada uno, era cosa de horas, antes de que la policía llegara hasta las puertas de su casa.

Un club desolado sería la locación ideal para el siguiente evento social, examinó toda la instalación y escogió un bar como sitio de ejecución, el sitio se encontraba muy oscuro por lo que colocó lámparas que iluminarían directamente al protagonista de dicha función, como si de un gran espectáculo se tratase.

Dos incisiones se podían observar a ambos lados del cuerpo de su víctima, la primera en su costado izquierdo cerrada con grapas dejaba ver como la broca de un taladro se introducía en su cuerpo. A manera superficial sólo era una simple broca pero los bocetos en un estante mostraban como una especie de garra metálica similar a las cuchillas de una licuadora, estaba colocada al final de esa herramienta y posicionada debajo de las costillas con dirección al baso (sistema linfático)

La siguiente incisión del lado derecho mostraba el mismo artilugio a la altura del hígado, ambos taladros eran parte de un dispositivo que de manera automática pero contraria hacían un recorrido hacia arriba y hacia abajo, adelante y atrás, de izquierda a derecha, cuando uno subía el otro bajaba con precisión milimétrica, todo esto conectado a un interruptor alámbrico que llegaba hasta las dos sillas colocadas al frente, en la pared del fondo, un gran reloj programado con setenta y seis minutos a una alarma indicaría el tiempo exacto que duraría semejante horror.

-     Despierta, bella durmiente.

-     ¿Donde estoy, que me hiciste?

-     No te he hecho nada aún.

-     AAAAAHHHHHH (gritos) me duele.

-    Créeme, eso no es dolor, en un rato sabrás lo que es el dolor.

-    ¿Porque me haces esto?, desgraciado…

-    Verás, eso mismo me pregunté yo, porque hicieron esto, pero bueno no es momento de preguntas, es momento de comenzar el show, ponte el cinturón de seguridad porque la montaña rusa iniciará su recorrido y Simón sonríe para la cámara.

-    Uno, dos, tres y acción

Durante más de diez minutos dos sonidos se juntaron armoniósamente generando una especie de melodía que variaba entre estremecedores gritos y huesos moliéndose, después sólo se escuchó un sonido parecido al de una moledora de alimentos cuando es utilizada para hacer batidos de frutas. El sonido envolvió la habitación por completo al punto que cuando se cumplió el tiempo establecido, sólo un zumbído de silencio quedó en el ambiente, alrededor del cuerpo un gran charco de sangre muy densa y pedazos de órganos finamente cortados se unían en una especie de mezcla espumosa similar al Bloody Mary. Tal como en anteriores actos, tomó una muestra de la sangre derramada y con un grueso pincel escribió en la pared la palabra **LICUADO.**

Al otro lado de la ciudad las investigaciones por fin rendían fruto.

\-   Capitán encontramos una relación entre las dos víctimas, hace pocos meses ambos estuvieron involucrados junto a otros dos sujetos en el asesinato de una anciana indefensa.

-	Buen trabajo, busquen el expediente del caso, quiero ver el perfil de los familiares de la víctima, la dirección de los otros dos cómplices, trabajaremos en base a eso.

-	Que la psicóloga compare el perfil de los asesinos con los de los familiares, tenemos varias pistas por seguir, a trabajar señores.

El expediente de la anciana coincidía con las muertes de aquellos bandidos, un asesinato sin misericordia y lleno de tortura realizado por estos cuatro sujetos absueltos por falta de pruebas.

-	Yo mismo atrapé a estos hijos de puta y al mes siguiente estaban libres en las calles, no digo que este bien, pero se lo merecían.

- Nuestra justicia no es perfecta Martinez pero es la única que tenemos y debemos confiar en ella.

- El sistema es vulnerable Capitán y los delincuentes lo saben, se aprovechan de eso para seguir delinquiendo.

- Y es allí donde nosotros entramos, ese es nuestro trabajo.

- Esto me huele a venganza Capitán.

- A mi también, a mi también…

Abuso

Un proyecto de construcción de viviendas diferido por falta de presupuesto fue la locación elegida para la clausura magistral de su plan.

Una especie de espada con doble filo fijada al piso en medio de la edificación principal, en su base un sistema de engranajes y poleas se accionaban automáticamente halando una cuerda que se alzaba hasta los genitales de la víctima. Desnudo y amarrado en sus manos con cintas elásticas muy tensionadas colgaba en posición fetal, con su trasero expuesto en dirección a la filosa arma, la cual esperaba pacientemente ser el abusador sexual que cobraría venganza de la forma más brutal jamás pensada, un temporizador programado tomaría el tiempo que duraría esta violación, activándose cada minuto halando hacia abajo por los testículos mientras la espada dentada se introduciría por el recto. Las muescas en los extremos del arma impediría que esta retrocediera, el recorrido de la espada finalizaría en el minuto setenta y seis donde un apéndice muy filoso de la espada cortaría los genitales desde su base disparando el cuerpo hacia arriba desgarrando a su paso todo el sistema intestinal por donde la espada se introduciría, causando la más horrenda de las muerte e infligiendo el más inimaginable de los dolores.

Una vez más colocó dos sillas y una cámara frente a la escena para no perderse ni un sólo detalle de esta película de terror, se maravilló al ver esta obra de arte de la ingeniería catalogándola de su mejor creación, por más de una hora se deleitó con el sufrimiento impartido a este miserable, se levantó y buscó en el piso entre órganos destrozados el miembro cercenado de aquel hombre y como si se tratara de un déjá vu escribió con sangre en la pared la palabra **ABUSO**.

Estaba hecho, solo una cosa faltaba por hacer, se dirigió a la droguería y dejó la última nota con las mismas especificaciones, el cronicismo para la señora Eva, pero esta vez la carta estaba sellada y sólo se podía leer para el Don, preguntó por Domingo y recibió un pequeño envoltorio con el nombre de Jorge escrito en una de sus esquinas, antes de partir cortó su cabello, afeitó su barba y destruyó toda evidencia que lo incriminara.

Nota: "Pedro, no nos debes nada, siempre seremos familia, no de sangre pero si de corazón, hablo en nombre mío y de mi hermano"

Al llegar a la cabaña limpió y ordenó todo, recogió todas sus cosas y regresó a su casa, organizó los capítulos del supuesto libro de tal forma que pareciera que estaba dando los últimos retoques, envió correos a las diferentes editoriales para dejar constancia de su trabajo, ahora sólo debía esperar, sabía que el siguiente paso lo daría la policía.

- Capitán le tenemos noticias del caso del asesino de asesinos.

- A ver detectives ¿que encontraron?, los socios de las víctimas no aparecen por ningún lugar, parece que llegamos tarde, pero lo curioso es que nadie los ha reportado como desaparecidos.

- Al parecer nadie los extraña… y ¿qué averiguaron de los familiares de la anciana?

- Capitán los perfiles psicológicos de los hijos encajan, además uno es ingeniero y el otro médico.

- Señores nada que hacer, vallan por ellos, son nuestra mejor opción.

- Si capitán ya solicitamos una orden de arresto y revisión de sus viviendas.

-        Perfecto quiero que los interroguen por separados a ver que tanto coinciden sus versiones.

Dos equipos salieron simultáneamente, uno a la casa del ingeniero y el otro a la casa del doctor, las patrullas pasaban a toda velocidad con sus sirenas encendidas tornando de azul y rojo todo a su paso, el timbre sonó en casa de Jorge anunciando la llegada de los agentes de la ley.

-        ¿En qué puedo ayudarlos oficiales?

-        Buenas tardes señor, estamos buscando a Jorge Boznic, tenemos una orden de arresto y debemos revisar su casa.

-        Yo soy Jorge Boznic, permítanme la orden… está bien pasen adelante.

- Está usted arrestado por la investigación en los crímenes de Steven Pregnant y Peteer Magrid, tiene usted derecho a guardar silencio, todo lo que diga puede y será usado en su contra en un tribunal. Señores revisen todo, confisquen teléfonos, laptops y todo equipo electrónico de comunicación.

Jorge sabía que no era a él a quien buscaban y rogaba porque su hermano hubiese hecho las cosas bien, él saldría de esta pero John quizás no.

El mismo procedimiento se aplicó en la vivienda del doctor, equipos y celulares confiscados, la casa fue esculcada por completo, no quedó rincón sin revisar, pero nada incriminaba a estos hermanos.

Interrogatorio de John.

-	Nos volvemos a ver John.

-	¿Qué quiere de mi Oficial?

-	¿Te suenan los nombres Steven Pregnant y Peteer Magrid?

-	Si claro que me suenan, son los asesinos de mi madre, unos bastardos.

-	Claro que te suenan, tú los mataste

-	Por supuesto que no, pero veo las noticias sabe, aunque confieso que me sentí muy bien cuando supe lo que les paso.

-	Ahhh, ¿entonces confiesas que lo hiciste?

-	Yo no he confesado nada, creo que me está echando la culpa de su ineptitud, usted los dejó libres y sabe que detective, deje de culpar a inocentes y haga su trabajo.

-       Ambos sabemos que no eres inocente John.

-       Si insiste en culparme tendré que llamar a mi abogado.

-       Claro tienes derecho a un abogado y a una llamada, puedes hacerla cuando quieras.

Interrogatorio de Jorge.

-       ¿Sabes por qué estás aquí?

-       Dígamelo usted.

-       Donde estuviste el día martes entre las nueve y las once de la mañana.

-       Trabajando, trabajo todos los días, puede corroborarlo en mi trabajo.

-       Lo haremos pero te digo algo, los asesinos se creen más astutos que nosotros y siempre los atrapamos, si confiesas ahora tendrás una condena mucho más baja, tienes mi palabra.

-        No se dé qué me habla detective, pero tiene al hombre equivocado.

El abogado logró sacar a Jorge del embrollo al demostrar que estaba en su trabajo los días que ocurrieron los hechos, John no corrió con la misma suerte ya que no se podía verificar su coartada, así que todo resulto tal cual lo planificó.

-        El ingeniero tiene una gran coartada Capitán, pero le digo algo, cuando interrogué al médico, no contuvo su furia, tengo un presentimiento con él, hasta puedo jurar que lo hizo solo.

-        Continuemos nuestro trabajo con el médico pero no descuidemos al hermano, hay algo que falta en la ecuación, algo se nos está escapando, tenemos setenta y dos horas para recabar las pruebas y presentarlo a la fiscalía de lo contrario saldrá libre, a trabajar detectives.

Las noticias de los hermanos asesinos se esparcían como brazas encendidas en pastizal seco, la ciudad entera se sacudía con las escenas de los brutales asesinatos mostradas por los medios de comunicación y mientras la opinión pública se dividía entre culpables e inocentes, el tiempo seguía su marcha para beneficio de John, que esperaba pacientemente el plazo de las setenta y dos horas, para salir absuelto por falta de pruebas.

Ya casi cumplido el plazo de las horas, los detectives no habían conseguido ninguna prueba lo suficientemente contundente para retener más tiempo al joven médico, cuando el teléfono de la comisaria timbró insistentemente.

-        Detectives tienen una llamada, la paso a su extensión.

-        Habla el detective Martínez.

-        Detective, ¿es usted quien lleva el caso del médico asesino?

-        Si soy yo, con quien hablo.

-        Mire le habla Marcos Duley, yo trabajo en herramientas para el hogar sucursal Norte y creo que el asesino compró aquí las herramientas que utilizó, lo tenemos grabado en video, puede venir, estamos algo nerviosos.

-	¿A qué herramientas se refiere?

-	A unos taladros industriales.

-	Dígame la dirección, ya mismo salgo para allá.

Lo tenemos, pensó el detective Martínez, si es verdad lo que dijo el vendedor tenemos un video que lo vincula al arma homicida y un potencial testigo, estas pruebas serían suficiente para cerrar el caso, en sus pensamiento algo surgió, "demasiado fácil", pero claro este no era un asesino era una persona vengando la muerte de su madre y aunque su instinto de policía insistía en atraparlo su conciencia le decía que estos tipos se lo merecían.

-	Estamos buscando a Marcos Duley es un vendedor.

- Soy yo oficiales, yo les llamé.

- Muéstranos lo que tienes.

- Aquí todos estamos muy nerviosos.

- Ok, entonces hagamos algo, llama a todo el personal, incluyendo a los de la bodega y que venga también el encargado de la tienda.

Todos se reunieron haciendo un gran círculo alrededor de los oficiales quienes mostraban sus placas y armas en señal de autoridad.

- Señores oigan lo que voy a decirles, el asesino ya está en custodia de la policía no tienen nada que temer, aquí nadie está en peligro, eso se los garantizo.

Las palabras del detective lograron mantener a las personas tranquilas, los nervios desaparecieron por completo al escuchar las promesas realizadas por este imponente oficial.

-        Bueno ahora sí, muéstrame que tienes para mí.

-        Gracias oficiales, primero debo contarles que fui yo el vendedor que atendió a ese hombre, él pidió un par de taladros que duraran más de una hora encendidos sin calentarse, por eso estoy seguro que era él, le vendí un par de taladros industriales, lo que hace especiales estos taladros es que las soldadura de sus componentes electrónicos es de oro puro, son unas excelentes herramientas pero muy costosos, esa venta me hizo merecedor del empleado del mes, por eso lo recuerdo muy bien.

- Entiendo, ¿ósea que puedes reconocerlo?

- Los taladros, si por supuesto.

- No, al asesino.

- Bueno la persona que vino tenía el cabello largo y era muy barbado, pero tenía la misma mirada del médico.

- Con eso me basta, bueno necesitamos ver las grabaciones.

- Claro síganme por aquí, también les mostraré la factura de compra, él la firmo.

Al ver la factura supo enseguida que se trataba del asesino, esos taladros podrían haber sido usados para crear los mecanismos, pero para qué usar taladros tan sofisticados, tengo un mal presentimiento pensó, al fin y al cabo solo era cuestión de tiempo para que su pregunta fuese contestada.

Regresaron a la estación de policía con la grabación del video y la factura de compra de los taladros.

- Capitán era muy fácil para ser verdad.

- Cuéntame no hay tal grabación.

- Por supuesto que la hay, pero subestimamos a este tipo, nunca muestra su rostro, además usa una cachucha sobre su cabeza y adivine, firmo la factura como Luci, así como lo oye capitán Luci Fer.

- Ósea que nos enfrentamos al Diablo.

- Si Capitán al mismísimo Diablo en persona.

- Aunque no es mucho, esas pruebas son suficiente para presentarlo ante un juez.

La conversación fue interrumpida por el llamado del departamento de ingeniería, quienes ansiosos por mostrar los resultados de sus investigaciones no dudaron en hacer una demostración para los detectives.

-       Detectives   los   solicitan   en   el departamento de ingeniería.

-       A ver señores que nos pueden decir de los artefactos

-       Bueno detective, lo primero es que son equipos que no se venden en una tienda, alguien debió construirlos, por lo que estamos ante ingenieros con conocimientos   en   metalurgia,   electricidad   y probablemente electrónica, otra cosa debimos hacer ingeniería inversa para ver el propósito de los dispositivos y les diré, que era causar el máximo dolor, vengan les mostraré.

-        El dispositivo fue puesto a prueba en un maniquí de gel balístico y créanme es aterrador, las barras de metal se introducen a través de las manos y recorren todo el brazo, los sopletes mantienen las barras al fuego vivo y mientras recorren su camino destrozan todo a su paso, venas, hueso, arterias, piel, debió ser un dolor inimaginable, el recorrido termina en el corazón, las dos barras se funden en el corazón derritiéndolo por completo y uniendo ambas barras, lo peor de todo es que el sujeto está vivo mientras todo esto ocurre.

-        Santo Dios.

-        Creo que Dios no estuvo en ese aserradero detective.

-        Sin duda fue una venganza y esto confirma lo que ya presentíamos.

-        ¿Los hermanos?

-        Sin duda los hermanos, muchas gracias ingenieros, muy buen trabajo.

Por un momento en la mente del detective Martínez apareció un pensamiento perturbador, el primer homicidio hablaba de una horrible venganza, tomarse el tiempo para diseñar semejante abominación eso lo entendía, pero por el otro lado, el otro homicidio realizado con sus propias manos, ese era el que realmente lo asustaba, si su intuición no lo traicionaba, los asesinos habían evolucionado, probablemente matarían de nuevo y había la posibilidad que no se detuvieran incluso después de consumar su venganza, ese era su mayor temor, debía hacer hasta lo imposible por retener a John, que este inculpara a su hermano y solo contaba con unas pocas horas para esto.

- Detective, encontraron otros dos cuerpos, coinciden con los cómplices de los asesinados, las escenas también.

- Esto será la locura, cuatro cuerpos.

- Pero también es la posibilidad que estábamos esperando, si son los asesinos de la madre de los hermanos Boznic, tendríamos pruebas para enjuiciarlos y con suerte podrían haber cometido algún error.

- Andando señores, cierren este caso.

Al llegar a la escena un oficial de policía vomitaba recostado a un árbol, ambas manos trataban de sostener su estómago que quería salir por su boca, el detective Martínez miró a su alrededor para ver una escena conocida, la calle totalmente desierta, ¡que mierda! Pensó.

- ¿Qué le sucede a ese oficial?

- Señor lo que encontrará allí adentro es muy repulsivo, nunca había visto algo así.

- ¿Usted entró?

- Sí.

- Dígame, ¿hay algo escrito en alguna pared?

- Si detective, una palabra escrita con sangre.

Los detectives entraron solo para ver aquella semejante escena, una sangre muy espesa y trozos de quien sabe qué cosa esparcidos por todo el lugar, un cuerpo partido casi por la mitad pero de adentro hacia afuera.

- Debo salir, mi estómago ya no lo soporta.

- Anda Foley, por favor llama al departamento de ingeniería que se presenten aquí, quiero su opinión sobre esto.

El ingeniero tardó horas en descifrar el funcionamiento y el daño que causaban las máquinas de ambos asesinatos, no tanto por lo complicado si no por lo grotesco de las escenas que lo obligaba a salir a vomitar en más de una oportunidad.

–   Aquí están los taladros, ahora si lo tenemos…

Justicia

El médico asesino era el titular de todas las noticias, los noticieros hacían fiesta a punta de especulaciones y mentiras, las grandes cadenas de noticias se aglomeraban como una jauría de tiburones hambrientos en el recinto judicial, a espera del juicio del asesino en serie más brutal de todos los tiempos, los medios ya anticipaban la condena y muy probable pena de muerte de este prominente y joven médico.

-	Todos de pie, el honorable Juez Ruíz preside.

-	Buenos días, todos pueden sentarse, daremos inicio al juicio, el estado contra el señor John Boznic

-	Que el acusado se ponga de pie, ¿cómo se declara?

-	Inocente su señoría.

-        Ok, entonces daremos inicio al juicio el día de mañana a las siete de la mañana en punto, por la gravedad de las acusaciones se le niega al imputado derecho a fianza, se mantendrá privado de libertad en un pabellón, lejos de los reclusos comunes.

Tal como se indicó, el juicio inicio a las siete de la mañana del siguiente día. El detective Martínez fungía como asesor de la parte acusadora, uniendo las piezas faltantes y si era necesario serviría de testigo para dar fuerza al caso.

-        Daremos inicio al juicio con los alegatos de la parte acusadora.

-        Buenos días Señor Juez, el caso es muy simple, demostraremos como detrás del aspecto pacífico del doctor Boznic se encuentra un asesino en serie despiadado que planificó, organizó y realizó cuatro asesinatos de la forma más grotesca jamás imaginada.

- Un momento abogado, se le recuerda a la parte acusadora que el imputado no ha sido declarado culpable, así que le ruego se dirija a él como presunto responsable, aquí el que juzga soy yo.

- Lo siento su señoría, no pasará de nuevo.

- Que la defensa presente su caso.

- Buenos días a todos, primero lo primero, la fiscalía tratará de confundirlos con una serie de tecnicismos y malabares circenses, haciéndoles creer que mi cliente realizó estos asesinatos, culpándolo de asesino en serie y de cuanta cosa se les ocurra, lo que no menciona la fiscalía es que mi cliente es un médico ejemplar, que juró salvar vidas, no quitarlas, tampoco dice que mi cliente nunca ha tenido algún antecedente, ni siquiera una multa de tránsito, menos dice que las personas asesinadas son delincuentes, asesinos, violadores, que tenían deudas pendientes con la ley además de muchos enemigos, espero que tengan la decencia de limpiar su nombre cuando todo esto termine.

-	Que la fiscalía presente las pruebas.

Tal como era de esperarse la fiscalía detalló su caso mostrando el nexo entre los asesinos y la madre de John y como la muerte de estos infelices emulaba la forma como la misma fue torturada.

-	Tenemos aquí la primera prueba, la autopsia de la madre del acusado y las fotos de los asesinatos que demuestran una singular similitud, la defensa tratará de convencerlos de que esto es pura coincidencia pero estén atentos a los detalles, detalles que mostrarán que sólo una persona con conocimientos en anatomía pudo realizar estos abominables hechos.

-	Esto es una tontería señor Juez, no entiendo como la autopsia de la madre de mi cliente representa una prueba en su contra, creo que la fiscalía trata de confundirlos.

-	Le sugiero a la defensa que le permita a la parte acusadora armar su caso, la fiscalía puede continuar.

-	Señor Juez presentamos esta grabación como la segunda prueba, donde se puede ver al acusado comprando las herramientas con las que mataría a uno de sus víctimas.

El video fue mostrado…

- Objeción su señoría, no sé a qué se refiere la fiscalía con ese video, allí no puede verse más que un hombre de cachucha, no se usted pero yo no distingo nada.

- El abogado defensor tiene razón, ese video no demuestra nada.

- El video sólo, no demuestra nada su señoría pero el testigo que viene a continuación corroborará que el acusado es el mismo que aparece en ese video.

- Un momento señor Juez la defensa no tenía conocimiento de ese testigo.

- Si el acusado es inocente no veo el problema de que no se haya notificado que existe un testigo, así que prosiga y que pase el testigo de la fiscalía.

-        Adelante siéntese, díganos quien es usted y a que se dedica, recuerde que está bajo juramento.

-        Yo soy Marcos Duley, trabajo como vendedor de herramientas para el hogar.

El vendedor relato los hechos ocurridos ese día, señalando el claro conocimiento del comprador en herramientas, también declaró que el pago fue realizado en efectivo, algo muy extraño para unas herramientas tan costosas.

-        Díganos señor Duley ¿reconoce usted a la persona que compró dichas herramientas que se usaron como arma homicida y que es la misma que aparece en ese video?

-    Si señor la reconozco.

-    Por favor, señale a la persona.

-    Podemos ver que claramente señaló al acusado, es todo su señoría.

-    La defensa puede hacer uso del testigo.

-    Dice usted que fue mi cliente el que compró esas herramientas, ¿está usted seguro de eso?, le recuerdo que está bajo juramento, en que se basa para decir que esa persona era mi cliente si claramente pudimos ver el video y la persona que allí aparece posee un aspecto de vagabundo, cabellos largos y su rostro todo cubierto de barba, explíquese.

-    Bueno yo tengo el don de no olvidar las miradas, el posee una mirada de venganza muy particular y esos ojos marrones, es él estoy seguro.

-    Usted me está diciendo que identificó a mi cliente que no tiene el cabello largo ni barba y nunca la ha tenido ya presentaremos prueba de eso, por el color de sus ojos, señores hay veinte millones de personas con los ojos marrones en este país, pero el testigo está seguro que fue mi cliente, no lo creo, díganme que este caso no se basa en el color de los ojos de mi cliente, esto es algo serio, aquí se está definiendo la vida de un ciudadano ejemplar, no hay más preguntas su señoría.

- Estoy de acuerdo con la defensa.

- Su señoría si me permite llamaremos a nuestro segundo testigo.

- Adelante.

- Díganos quien es usted y a que se dedica.

- Yo soy el detective Martínez, fui el encargado del caso de los asesinatos.

- Díganos detective según su opinión profesional ¿que descubrió en las escenas de los crímenes y como se relacionó con el acusado?

- Bueno lo primero que notamos fue un profundo conocimiento en el área médica, el asesino sabía exactamente como proporcionar el máximo dolor durante mucho tiempo, una persona común no habría logrado mantener viva por tanto tiempo a estas personas para que sufrieran, según nuestros expertos los ataques dudaron más de una hora.

- La Fiscalía presenta las fotos como la prueba número tres su señoría.

- Detective Martínez ¿díganos cuantos años tiene de experiencia en el área de homicidios?

- Bueno tengo treinta años en la policía y como detective de homicidios veintidós.

-        Se puede decir que usted es todo un profesional en su área.

-        Así es, a eso me dedico y soy muy bueno en lo que hago.

-        Detective ¿cómo llegó a la conclusión de que el Doctor John Boznic fue la persona que realizó estos ataques?

-        Bueno la experiencia en este trabajo nos ha demostrado que siempre debe haber un motivo y claramente el Doctor lo tiene, también posee el conocimiento, los medios y una cosa muy importante no tiene una cuartada sólida, eso fue lo que principalmente nos llevó a su detención como posible autor de los asesinatos.

-        Gracias detective, su señoría no tengo más preguntas para el testigo, la fiscalía descansa.

-        La defensa puede realizar las preguntas al testigo si así lo desea.

-        Si su señoría, claro que sí, díganos algo detective, pudimos ver en las fotos que se emplearon extraños dispositivos que podríamos llamarles obras de ingeniería.

-        Si, así fue.

-        Y estará usted de acuerdo conmigo que estos artefactos no fueron comprados, debieron ser construidos o por lo menos ensamblados.

-        Estoy de acuerdo, es más debimos llevarlos a nuestro departamento de ingeniería para ver cómo funcionaban y darnos una idea del daño causado.

-        Entonces usted me está diciendo que estos dispositivos debieron ser fabricados por un ingeniero ¿cierto?

-        Podría decirse que sí.

-       Detective pero como esto es posible si mi cliente es un médico cirujano no un ingeniero.

-       Objeción su señoría, lo que la defensa no ha dicho es que el hermano del doctor es ingeniero mecánico.

-       Si el hermano de mi cliente es sospechoso ¿porque no está siendo enjuiciado con mi cliente?, yo mismo se los diré, porque no hay pruebas, porque el hermano de mi cliente se encontraba en su trabajo los días y a las horas que ocurrieron los hechos, le pido por favor su señoría que no se nombre a los familiares de mi cliente sin pruebas ya que están enlodando su apellido y reputación como buenos ciudadanos de este país, además le recuerdo a la parte acusadora que el testigo aún no ha respondido la pregunta.

-      Se le recuerda a la fiscalía que es una irresponsabilidad nombrar personas que no están siendo juzgadas y que la defensa puede presentar cargos o demandas por difamación así que absténgase de hacer comentarios fuera de lugar.

-      Lo entiendo su señoría.

-      Que el testigo responda la pregunta.

-      Bueno, cuando seguía la investigación conocí al dueño de una fábrica de jugos de naranjas.

-      ¿Qué tiene que ver eso con mi cliente?

-      Detective ¿este cuento tiene algo que ver con lo que se le está preguntando?

-      Si su señoría, solo déjeme terminar.

-      Prosiga entonces.

-      Este señor tenía una producción de naranjas que nunca dejaba de cosechar, su método consistía en un muy elaborado sistema de riego que le permitía cosechar naranjas todo el año, le pregunté cómo era eso posible, que si era ingeniero, me dijo que no, él era un hombre de campo pero su abuelo si fue ingeniero y su padre fue agrónomo y ellos le enseñaron todo lo necesario para la construcción y mantenimiento del sistema, así que como pueden ver no es necesario ser ingeniero, solo hace falta aprender los conocimientos y una gran imaginación.

- Excelente relato detective pero no es lo mismo cultivar naranjas, que planear, organizar y ejecutar los hechos que todos aquí ya conocemos, es todo su señoría, no hay más preguntas.

- Bueno señores haremos un receso y continuaremos en dos horas.

Todo iba saliendo de acuerdo con el plan de John, por experiencia propia sabía que el sistema era vulnerable. Sin pruebas sólidas el caso en su contra se derrumbaría por completo, no había ningún tipo de preocupación en su mente, con lo que John no contaba era con la astucia del detective Martínez quien asesoraba a la fiscalía, buscando ese pequeño error que desequilibrara al confiado médico.

- Todos de pie, continuemos, con los alegatos de la defensa.

- Su señoría antes de comenzar quiero entregarle este sobre con los resultados de la prueba del polígrafo realizado al acusado por el departamento de policía, como la prueba número cuatro.

- Lo recibiré, pero esta prueba no será tomada en cuenta para este caso, ya que estudios han demostrado que hay personas capaces de variar sus emociones alterando el resultado de estas pruebas, por lo que no será admitida, sin embargo analizaré los resultados de la prueba. Seguiremos con los testigos de la defensa.

La treta del detective sembraría una espina en el juez, inclinando la balanza a favor de la fiscalía y aunque el juez no tomaría el polígrafo como prueba oficial, esta tendría la fuerza de hacer ver a John como culpable, en un segundo la cara de confianza de John cambió por completo, la jugada magistral del detective logró desequilibrar su cuerpo y su mente que ahora daban signos de perturbación claramente visibles.

-	La defensa llama al señor Emilio Hoffman.

-	Hagan pasar al testigo por favor.

-        Bienvenido señor Hoffman, díganos su nombre completo y profesión.

-        Mi nombre es Emilio Hoffman, soy director del hospital general y fui jefe directo de John.

-        Muy bien doctor Hoffman, ¿por cuánto tiempo conoce al acusado?

-        Desde hace más de dos años y puedo decir que es una persona correcta, profesional y gentil.

-        ¿Ha visto usted a mi cliente alguna vez con barba o con el cabello largo?

-        Nunca, los médicos debemos mantener una higiene enmarcada en pulcritud y más si eres un médico cirujano como John.

-        Última pregunta doctor, cuál fue el motivo de la renuncia de mi cliente.

-        Se retiró momentáneamente para escribir un libro, un proyecto personal y así poder lidiar con la muerte de su madre, eso me dijo.

-        Muchas gracias su señoría, no más preguntas.

-        La fiscalía puede hacer uso del testigo.

-        Dígame doctor ¿hace cuánto tiempo renunció el acusado a su cargo como médico?

-        Hace aproximadamente doce meses.

-        Y no cree usted que ese es suficiente tiempo para que le creciera la barba y el cabello, así como para planificar y ejecutar esos crímenes

-        Estoy seguro que John no hizo semejante barbaridad.

-        Esa no fue mi pregunta doctor, responda sí o no.

-        Le recuerdo a la fiscalía que el testigo es un ciudadano modelo, además de un prominente médico, así que lo invito a plantear mejor sus preguntas.

-        No más preguntas señor Juez.

-        Que la defensa tome la palabra.

-        Señor juez llamaremos a nuestro último testigo, el Señor Víctor Montes Villa, que como todos conocen es un escritor reconocido y de renombre en nuestro país.

-        Que pase el testigo por favor.

-        Por favor señor díganos su nombre y a que se dedica.

-        Soy Víctor Montes Villa, tengo estudios en literatura, además soy escritor desde hace muchos años.

-        Señor Villa antes de todo le pido disculpas por traerlo aquí, pero su testimonio será muy relevante para este caso, ¿dígame señor Villa usted conoce a mi cliente?

- Sólo lo que dicen las noticias.

- Ok, entonces no lo conoce, sabe usted que mi cliente también es escritor.

- No lo sabía.

- Díganos señor Villa según su experiencia ¿un escritor puede dedicarse a otra actividad mientras está escribiendo un libro?

- Escribir un libro requiere de mucha concentración y mucho estudio, en mi experiencia cuando escribo, debo alejarme de todos incluso de mi familia, por el tiempo que dura el proceso de la creación del libro, porque un libro nace de una idea, una vivencia o una anécdota, pero requiere de mucho tiempo darle forma, es un trabajo arduo para que llegue a las manos de cada lector.

-        A ver si entiendo ¿usted está diciendo que cuando un escritor crea un libro solo tiene tiempo para eso?

-        Bueno en realidad lo que yo estoy diciendo es lo que yo hago, no sé si todos los escritores hagan lo mismo.

-        Claro, pero usted tiene muchos amigos escritores y ha hablado de esto con ellos, puede decirnos, de esos escritores que usted conoce ¿cuál sería el porcentaje que lo hace igual que usted?

-        El cien por ciento, todos mis amigos hacen lo mismo.

-        Que opinaría usted si yo le dijera que mi cliente estaba escribiendo un libro de medicina cuando ocurrieron los hechos del cual quieren culparlo.

-    Diría que eso es imposible no pueden hacerse las dos cosas al mismo tiempo y más tratándose de algo tan delicado como procedimientos médicos.

-    Es toda su señoría, la defensa no tiene más preguntas, la fiscalía puede hacer uso del testigo.

-    La fiscalía no tiene preguntas.

-    Agradecemos al testigo por su valiosa colaboración y por tomarse el tiempo de estar aquí, tomaremos diez minutos para que ambas partes preparen el cierre de sus casos.

John fue trasladado al calabozo en el sótano de los tribunales de justicia a espera del llamado a conocer la resolución final, su mente se consumía tras los fríos barrotes de hierro y su traje naranja, no logró sentarse ni un solo segundo de esos diez minutos que se alargaban como serpiente del amazonas.

- Adelante con el cierre de la parte acusadora.

- En realidad no hay mucho que decir, como verán, aquí se ha demostrado claramente que el acusado tuvo el tiempo suficiente para planear y ejecutar los actos que todos ya conocemos, además tal como lo explicó el detective Martínez, el acusado tiene el motivo, los recursos y los conocimientos, sin mencionar que un testigo lo identificó, señalándolo como el comprador de las herramientas con las que se cometieron algunos de los crímenes y para culminar haremos mención a la similitud de los crímenes con la muerte de la madre del acusado, una similitud que sólo un médico podría imitar. Es todo su señoría.

-        Que la defensa presente el cierre de su caso.

-        Tal como lo mencionamos al principio la parte acusadora no mostró ninguna prueba que ubique a mi cliente en los lugares donde se cometieron estos abominables actos, es más, en el tiempo en que se pretende vincular a mi cliente con los hechos, este se encontraba escribiendo un libro de medicina, todo esto sin mencionar que los actos fueron realizados por una persona con conocimientos en ingeniería tal como lo describió el detective Martínez y mi cliente es médico no ingeniero, también se demostró el correcto actuar de mi cliente quien hasta la actualidad no posee ningún antecedente, lo que habla muy bien de su proceder como ciudadano, para concluir debemos mencionar que estamos totalmente seguros que el asesino de estas personas aún se encuentra libre, por lo que instamos a las autoridades a seguir investigando y no culpar a personas inocentes, que mucho han sufrido ya por la desaparición de su madre. Hemos concluido su señoría.

- Haremos un descanso y daremos el veredicto del caso.

En ese instante de tiempo, John calló en cuenta que la decisión que se tomaría a continuación marcaría el destino de su vida, una enorme sombra gris nubló los pensamientos del joven médico, tal cual Semyazza (líder de los Grigori en el libro de Enoc) sería arrojado a los abismos, al mismísimo infierno, si lo llegasen a encontrar culpable pasaría el resto de su vida en prisión, esto si le tenían compasión, aunque estaba claro que la fiscalía pediría la pena de muerte para él.

-        Según las evidencia y testimonios presentados por ambas partes a lo largo de este juicio y dado que el acusado no presenta antecedentes previos, se considera al acusado inocente de todos los cargos. Oficiales que el señor Boznic pase por mi despacho, para entregarle una carta que lo absuelve de todos los cargos y una disculpa formal por parte del estado.

Luego de las felicitaciones y los agradecimientos al equipo de abogados de la defensa, John fue escoltado hacia el despacho del Juez tal como el mismo lo ordenó.

-        Pueden retirarse oficiales, tome asiento señor Boznic por favor, aquí está la carta de liberación, el fallo que lo absuelve de todos los cargos, además de una disculpa formal.

-	Enlodaron mi nombre y el de mi familia y sólo ofrecen una disculpa, eso es todo.

-	Es necesario que entienda que no se trata de usted señor Boznic, se trata de hacer justicia, de cumplir las leyes, de que los malos reciban su merecido y ciertamente así fue.

-	Eso lo entiendo, pero hay algo, que no logro comprender, ¿por qué no consideró las pruebas del polígrafo?

-	Porque en el mundo hay hombres a los cuales les faltan bolas, pero hay otros como nosotros John que tenemos de más.

-	¿Rogelio?

-	Si John, el apóstol Rogelio, como tú mismo me bautizaste y si mi madre fuese la persona que aparece en esas fotos, yo sería el que estaría en la silla de los acusados el día de hoy, tu liberaste al mundo de

esa basura, quien soy yo para juzgarte amigo mío...

76 Minutos

Acondicionó el sótano como si fuese un pequeño cine colocando un proyector en dirección hacia la pared más grande, también colocó dos sillas una al lado de otra, en el medio de las sillas una pequeña mesa con un robusto martillo sobre una base metálica que en silencio esperaría su tiempo para realizar el trabajo final.

Introdujo su mano en la urna donde guardaba las cenizas de su madre, en el fondo se hallaban dos envoltorios, tomó uno y lo introdujo en su bolsillo, el otro lo destapó y limpió muy bien, se trataba de una memoria USB con las grabaciones, esto era la única prueba que lo incriminaba, la colocó sobre la pequeña mesa, sacó su teléfono móvil y envió un mensaje a su hermano

"Te espero hoy para ver películas de terror, una en especial te gustara, es una serie de cuatro películas, ven con tiempo, duran más de cinco horas"

Ambos se sentaron en las sillas dispuestas para tal fin, se trataba de una vieja película de zombis con un ligero cambio, al llegar al minuto numero dos aquella película se detenía y un título escrito con la sangre de los cuatro protagonistas ocupaba la gran parte de la pantalla "**76 MINUTOS**". El proyector disparó las imágenes más grotescas que sus ojos habían visto, Jorge en más de una vez bajo la mirada en señal de repulsión, John nunca se inmutó, nunca titubeó, dedicó ese tiempo a cerrar el ciclo que lo llevó al infierno cuatro veces pero hoy nuevamente estaba de vuelta y aunque su madre no resucitaría, aquella bestia que habitaba en su interior había desaparecido, regresó a la prisión de donde salió.

Al terminar retiró la memoria USB y la destruyó con el martillo, sacó el envoltorio que recibió en la droguería y se lo entregó a Jorge.

-        ¿Qué es esto?

-        Eso te lo envió Pedro, no sé qué es.

Para su sorpresa era el anillo que Jorge dejo un día en aquella casa de empeños, Pedro sabía lo preciado que era ese anillo para él, pues perteneció a su padre y aunque nunca pudo recuperarlo no se arrepintió de lo que hizo. En la parte interna del envoltorio se podía leer. "Para Jorge un verdadero amigo, de quien no tendrá nunca como pagarte. Tu hermano Pedro"

Se despidieron con un abrazo muy fuerte y algunas lágrimas se mezclaron en sus rostros.

-	Estoy orgulloso de ti Hermano, pero esto termina aquí, debes volver a ser la persona que nuestros padres querían que fueras

-	La persona de esos videos ya no existe hermano, se ha ido, sólo queda el que está frente a ti, tu hermano John.

-	Lo sé hermano, lo he visto en tus ojos, este eres tú, quiero que pases mañana por la casa, los niños quieren ver a su tío, en especial Mery Am, te extraña mucho.

-	Allí estaré, ¿prepararas tu famosa lasaña cierto?

-	Jajajajajajajajajaja, claro que sí, sólo no llegues tarde.

En los siguientes tres meses la vida de John retomó su camino normal, tal como una arrollo cuando se   desborda en los meandros formando un nuevo riachuelo que recorre en solitario los sendero, para luego reencontrase y convertirse en un majestuoso rio.

Salió muy cansado luego de una larga cirugía, decidió pasar a la cafetería del hospital a tomar un café, amaba los café de ese lugar, así podría descansar su agotada mente, en el camino pasó frente a la capilla donde observo una chica vestida con un bata de personal médico, se encontraba arrodillada a los pies del pequeño altar rodeado de rosas y ofrendas que los familiares de los pacientes colocaban a manera de gratitud, él se quedó paralizado observándola pensando que no la había visto nunca antes, la chica se puso de pie

-       Hola, ¿eres nueva aquí?

-        Si, hoy es mi primer día.

-        ¿Bienvenida… disculpa que te pregunte esto pero ¿Rezas para tener un buen día?

-        Doy gracias por las vidas que Dios me permita salvar y por las que no.

-        Eso no depende de él, depende únicamente de nosotros.

-        ¿No tienes fe?

-        No. Hace mucho tiempo perdí la fe en él, soy John por cierto

-        Soy Jun, como junio en inglés.

-        Tienes un hermoso nombre, extraño pero lindo.

-        Te contaré algo que nunca le he contado a nadie. Yo era apenas un niño cuando hice un juramento con Dios, yo le ofrecí mi vida a cambio de la de mi madre, una vida por la otra. Ese día llego, yo estaba   listo para   cumplir mi palabra, pero él nunca cumplió la suya, si me preguntan a mí, es un bastardo.

-      ¿Y nunca pensaste que tu mamá hizo ese mismo juramento pero antes que tú?

Aquellas palabras enmudecieron a John, nunca lo había pensado de esa manera, parece que Dios había colocado las palabras exactas en la boca de aquel ángel con forma de mujer.

-      Sabes, creo que eres la respuesta que tanto tiempo busqué y nunca encontré, quieres   un café…

-      Me encantaría…

Los Apóstoles y el diablo.

INDICE